意識のリボン

綿矢りさ

集英社文庫

目次

本文デザイン／坂野公一（welle design）
本文イラスト／河井いづみ

意識のリボン

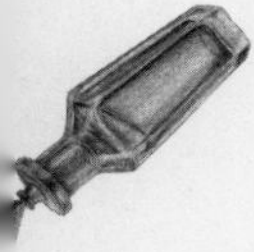

岩盤浴にて

岩盤浴フロアのぶ厚いドアを開けると、密度の詰まった熱気が顔に押し寄せてきた。中に入りドアを閉じると、さっそく身体中《からだじゅう》が暑い夏の豪雨の日並みの湿気にきつく包まれた。ここなら瞬《まばた》きしなくても口を閉じなくても、どこも乾かずに生きていけそう。若干息苦しく、酸素を欲して肺が大きく膨らんだ。

サウナよりも湿気があり、高温すぎず、三十分ほど入っているとじわじわ汗のにじんできそうな空間に、四人ほどが仰向《あおむ》けに寝転がっていた。女性専用のサロンだから、全員女性のはずだが、茶色い館内着姿の彼女たちは華やかさ皆無だ。フロアの左半分のスペースで朝ヨガのレッスンを開催しているせいで、彼女らは右半分の端っこに寄り集まっていた。ヨガの講師は控えめな声量でしゃべっていたが、フロアは横長で天井は低く平べったく、暖かい空気を逃さないように密閉されているから、声がよく響く。静かな環境で瞑想《めいそう》したい、あわよくば寝たい、と岩盤浴組の全員が思っているから、ヨガの世界からできるだけ離れた場所を選んで寝転がっているのだろう。店側もレッスンの声が響く環境を申し訳ないと思っているのか、受付で無料で三十分の延長サービスをつけると言ってきたが、昼からは用事の詰まっている私は利用できなかった。三十分も長く居れないな、と呟《つぶや》いても受付の女性はどこ吹く風で、予約の時点で説明をしなかったことを悪びれる様子もなく、さっそく着替えセットの入ったバッグを渡してきた。普通ならむっとするが、いかにも岩盤浴やヨガを毎日やってそうな締まった身体つきの受付女性の、Tシャツにジャージを穿《は》いた、ラフで快活そうな雰囲気や、細かいことを気にしない、ストレスを溜《た》め込んでなさそうな表情を見ていると、逆に岩盤浴のデトックス効果に期待が高まった。

私はどの石の上に寝っ転がろうか。四種の天然石から選べると説明があったものの、玉砂利形の鉱石が敷き詰められた場所以外は石の特徴がなく、見分けがつかなかった。どれも薄ピンク色の大理石のように見えて、以前焼肉屋で石焼きのコースにしたとき、このような熱した石に肉を張りつけて焼いたのを思い出した。

薄暗い照明のなか、低めの仕切りで区切られた細長い石造りの台の上で、顔にミニタオルを載せて寝転がっている利用客らは、石室に安置されているミイラのようにも見えた。微動だにしない彼女たちは視力に頼らずに私の気配を感じ取っているようで、新参者としては少し居心地が悪く、なるべくうろうろしないで済むように、ただ近いというだけの理由で選んだ石の上に、物音を立てないようにしながら寝っ転がった。他人だらけの場所で、普段友達にも見せないような薄着で素っぴんで汗をたくさんかく姿を晒《さら》しながらリラックスするのは、私には難しそうだ。

着替える際に読んだ岩盤浴の手引きには、背中側とお腹《なか》側を五分ずつ交互に温めようと書いてあった。掛け時計で確認しながら五分を計るのかなと思っていたが、頭側の壁に掛け砂時計があり、ひっくり返せるようになっていたので、反対にした。こげ茶色の砂が細い線になって下へ落ちてゆく。じっくり焼かれている美味《おい》しいサンマの気分が、味わえなくもない。焼肉といい、サンマといい、食べ物ばかりが頭をよぎる。お腹が空《す》いているわけではなく、熱い石で内臓を温めている人間というのは、どことなく食べ物っぽいのだ。

「息を吐きながらゆっくりと上半身を右斜め前に反らします。はい、いいですよ、もっといけますね、もっと……」

仰向けになり体勢を整えたあと目を閉じると、ヨガレッスンの声が思った以上にはっきり聞こえてきた。いっそ自分も指示通り身体を動かしてレッスンに参加してしまいたくなる。

　薄目を開いて声のする方を見た。講師は自分のポーズを解くと、たった一人の生徒の肩を押し、整ってはいるが、よりきつそうな体勢のポーズに進化させた。

　暑くて湿気があって息がしにくいから、ただ寝転がっているだけでも結構しんどいのに、さらにヨガをするなんて大変そうだ。

　五分経《た》ち、砂時計をひっくり返した。汗はまだ出ない。冬のうちに冷えきった身体は、汗をずいぶん奥に溜めていて、まだ外に出すやり方を思い出してくれない。

「それでは身体の休息に移りましょう。目をつむって、息を吸って、長く吐きましょう。細く、長く……」

　講師はいままでと声色を変えて、低く穏やかな、催眠術師のしゃべり方になった。

「今朝こちらに来るまでに頭で考えていた色々なことを、すべて息を通して外に出す気持ちで……。身体も心も軽やかになっている自分を想像しながら……」

　ヨガのレッスンが五分間の休憩に入り、講師と生徒が出て行くと、寝転がっていた女性陣も緊張が解けたのか、次々と外へ出て行った。今こそ静かな場所で思う存分寝転がれるのに、他の人間のリズムに引きずられている。同じ空間にいる以上、完全な個人行動は難しく、夜の海の夜光虫のようにお互い微《かす》かに影響し合いながら明滅をくり返している。

私も貸出用の土色のタオルでやっと噴き出てきた汗をぬぐうと、起き上がってドアを開け、外に出た。

ぶっ続けで身体を温めるのではなく、時々は普通の室温の休憩室に移って、水や白湯《さゆ》を飲んで休み、クールダウンしてから再び岩盤浴フロアに行く。このサイクルをくり返して代謝を良くしていきましょうと、手引きに書いてあった。小まめに出たり入ったりするとは。暑くても限界まで我慢して、出てきたらビールが美味しい、というようなサウナと似た利用方法を想像していた。よく考えてみればサウナと違ってお風呂は併設してないし、設定温度も低いのだから、我慢してようやく出ておしまい、の内容だったら三十分もしない間にすぐ終わってしまう。横になって行うので、眠ったりしているうちに時間の感覚がなくなり、気づいたら熱中症で起き上がれない、なんてこともあるのかもしれない。

普通の温度のはずの休憩室がかなり涼しく感じ、念入りに温めたつもりの身体がまた足先から冷えてゆく。冬の間に蓄積された冷えは、いつ身体から完全に消えるのだろうか。春になったとはいえ、まだ日中も風が強く、夜は寒いから、身体の芯に詰まった氷はまだ溶け残りが多く、早く全身を柔らかくてあったかい日だまりモードに戻したい。昔はいくら冷えても平気で、足も腕もまるで自分の身体の一部じゃないみたいに、服の外に放《ほ》っぽりだしていたが、今は冷えは健康を害するという知識が頭に入ったせいで、変に気になる。

ウォーターサーバーに近寄り、置いてあった紙コップに水素水を注ぐと、かぼそい一筋の流水が紙の底を打つ音が聞こえた。紙コップにプラスしてこの音を聞くと、どうしても検尿を思い浮かべてしまう。一回り小さめの紙コップのサイズまで同じだ。検尿しているときにウォーターサーバーの水は思い出さないのに、不思議だ。

背もたれのない、代わりに壁にくっつけてあるサイコロ形の椅子に座って、ちびちび水を飲んだ。小一時間しか居られないけど、なんとか暇を見つけて来て良かった。何年か前、岩盤浴がちょうどブームであちこちで新規店舗がオープンしていたとき、行く時間が取れず、いまさら初めて体験してみたが、なかなか良いところだ。ブームが過ぎても粘り強く店舗が残っているのは、根強いファンがいるせいだろう。年会費を払い、会員になろうか。月四回くらい通えば、単発で来るより会員になった方が得だと、手引きに書いてあった。今日は初めてだから格安で利用できたものの、次からは通常料金になるので、会員にならなければ気軽に来るのは難しくなる。家も遠くないし、通おうと思えば通える距離だ。

今日も朝早めの時間帯なのに、私やヨガレッスンの利用者を含めて、六人も客がいる。休憩室での席取りはご遠慮ください、シャワー室の利用は十分以内で、などの貼り紙から想像するに、会社帰りの客がやって来る夕方や休日は、もっとたくさん人が集まるのだろう。本日の利用客も、隅っこの椅子に座り、気配を消して伏し目がちに水を飲んでいる大学生くらいの若い子もいれば、施設内をよく把握しているのか自由に動き回ってなにやら用事を済ませている人、常連ぽい友達同士の二人組などがいた。二人組は五十代後半から六十代前半くらいの年齢に見える主婦っぽい人たちで、私とは反対側の壁際に座り、水を飲みながらしゃべっている。見たところ彼女たちがもっともくつろいでいて、常連の雰囲気を醸し出している。あの新人、ルール間違ってる、などと指摘されないように極力目を合わせないようにした。

スポーツジム系の施設で新人だとばれたくない心理は何なのだろうか。常連ぶっているせいで勝手が分からなくても人に訊《き》けないし、キョロキョロしたくなくて視野が狭くなり、結局心が緊張したままのせいで身体もあんまりほぐせないで帰ってしまう。同じ意固地さをコンビニやスーパーのレジ係の新人店員にもときどき感じる。名札を見れば研修中と書いてあるから新入りとすぐ分かるのに、私は新人のなかでもこ、な、れ、ている方の新人だ、と言わんばかりに彼らは強張《こわば》った表情で店を知りつくしている風にふるまう。しかしレジは上手《うま》く打てなくて、先輩に教えてもらっている。

他に話している人がいないのと、主婦二人の声がけっこう大きいのと、部屋が広くないのが相まって、自然と彼女たちの話が耳に入ってきた。

「あなた、リサイクルストアって知ってる？　どれだけ古い服でも買い取ってくれるっていう謳《うた》い文句で宣伝してるお店。質屋と違って今の若い子も利用してて、テレビでもたくさんＣＭ流してる、大規模なお店」

知ってる、利用したことないけど、ともう一人が語尾が消えて曖昧になるほど小さな声量で答えた。二人ともがよくしゃべっていると思っていたが、そういえば私が汗を拭いているときも水を汲《く》んでいるときも聞こえてきたのは、リサイクルストアの話を振った女性の方の声ばかりだった。ハスキーなのによく通る特徴的な声で、人慣れしていて物怖《ものお》じせず、気が強くて自己愛も強いのがはっきりと表れている声だ。年齢がいくほど声やしゃべり方に性格があからさまに出る。しわの深くなる場所が、その人のよくする表情を表すのと同じように。

「商店街にもリサイクルストア、小さいのはあるけどさ、品をちゃんと見てもらいたくてわざわざ電車乗って隣駅まで行ったの。とっても良《い》いコート、値段が張るというか」

ちらと二人組の姿を見ると、ハスキー声の女性は明るい色に染めたショートカットで、痩せて背も低く、肩を縮めて座り、紙コップを大事そうに持っていて、声から想像するよりずっと貧相だった。自信満々なオーラはなく、一重の猫目は頼りなげに一点を見つめている。シャキッとした張りのある声でずいぶん得している。声ほどではないが容姿からも若さはある程度は放っていて、健康ではなく美容のために岩盤浴に通っているのかなと思わせる、気張った現役感が漂っていた。

うなずくだけの相槌《あいづち》をくり返しているもう一人はふっくらして二の腕が少し弛《たる》み、もう一人に比べると大きさがちょうど二倍くらいあった。口を引き結び、横並びに座っているのに、もう一人の方に身体の前面をできる限り向けて話を聞いていて、辛抱強そうだ。彼女は色白で、しかし雰囲気はぼんやりして暗く、ハスキー声の女性が太陽とすれば、今にものしかかってゆきそうな、ぶ厚い雨雲に見えた。

「一昔前、香港《ホンコン》旅行へ行ったときにレノマで買った三十万以上のコートを、もう売っちゃおうと思って。最近新しいのも買ったし。ちょっと古いけどレッキスの毛皮が豪華なね、買ったはいいけどほとんど着ないままクローゼットにしまいこんでたから、使わないで置いておくのもなんだし、リサイクルストアに持ってったの。わざわざ電車に乗ってね。そしたらさ、いくらだって言われたと思う？」

いきなり質問を振られた相手は、戸惑って口をもごもごさせて何かしら無難な数字をひねり出そうとしたが、彼女が答える前に正解は出てしまった。

「五百円よ、五百円！　査定にお時間が少々かかりますので、って言われて近くで時間をつぶして戻ってきたら、五百円になりますって」

聞き手は、は〜、とも、へ〜、ともつかぬ、話し甲斐《がい》の無い気の抜けた相槌を返していたが、話している方は先日の怒りがぶり返してきてそれどころではないのか、気にしていないようだった。

「もう頭きてね、だって元値三十万円以上したのに、そりゃ確かにだいぶ前に買ったけど、ちょっとしたパーティに出たとき以外、ほとんど着てなくて状態も良いのに。わざわざ隣駅まで電車で行って、あなた、ねえ」

「五百円じゃねえ。電車代にもならない」

「そうなのよ。でもまた持って帰るのも手間だから売って帰ってきちゃったわよ。いそがしいなか、せっかく行ったんだし」

結局売ったんかい。心のなかで突っ込みながらも、彼女の話の要点はそこじゃない気がする。なんだか、モヤモヤする。

ダウト！　愚痴に見せかけた自慢話。

高かったコートを安く買い叩《たた》かれて腹が立った話をしているように見せかけて、高いコートが買えたり、香港に旅行へ行けたりするほど財力のあったかつての自分を自慢している。さらに新しいコートを買った情報も付け加えて、現在も不自由してないのを暗示している。

「わざわざ行ったのになにもしないで帰ってくるのもね。寄付感覚で売ってきたわ」

「安く買い叩かれるのはショックよね。おつかれさま」

聞き役の女性は言葉をかけているが、自慢されたうえにさらに慰めなきゃいけないなんて、大変な手間だ。おとなしく聞いている彼女は、相手の複雑な自慢方法に気づいているだろうか？　彼女らの会話形態はいつもこんな感じで、一方がのべつ幕なしに自分のしゃべりたいことをしゃべり続け、もう一方はひたすら頷《うなず》いて聞いているのだろうか？　二人とも主婦っぽい雰囲気で夫がいるのだろうが、家でも夫相手に同じふうにふるまっているのだろうか？　もしくは聞き役の方は家では意外とおしゃべりで「○○さん、毛皮のコートを五百円って査定されちゃったんだって、フフフ」などと夫相手に話してネタにしているのだろうか。

話をつい聞いてしまったのは、この環境のせいもあるが、私も買い手としてリサイクルストアを利用しているせいもあった。買取価格については詳しく知らないが、ショートカットの女性の〝三十万以上もしたコート〟という自己申告が正しいなら、五百円は確かに安すぎるだろう。ただ気になるのは彼女がついに最後までいつコートを買ったのかについて明かさなかった点で、もしかしたら十年、いや二十年ほど前に買ったコートではないのだろうか。当時の貨幣価値でいう今の三十万円は……くらいまで考えなきゃいけないほどの、古いコートだったのでは。それなら五百円の理由も分かる。肩パッドが入っていそうだ。

掘り出し物を嬉々《きき》として買い集めていたが、ああいう人が服を売っているのか。一度買われた服はどれだけ状態が良く見えても、持ち主の思い出を吸い込んでいる。香港旅行やちょっとしたパーティ、タンスの臭い、もういいやこれは売ろう、と決めたときの持ち主の冷めた視線……。まるで、肩から湯気を出しながら水を飲みつつ、まったくの他人の会話を盗み聞きしてダウト判定をしている私のようではないか。

いろんな念を吸い込んで、癒やしとデトックスを求めてきたのに、脳内は岩盤浴に訪れる前よりも多くの、どうでもいい雑事を新入荷している。すっきりしない思いを抱えたまま、結局なにも進歩していない。なに食わぬ顔をしてまた岩盤浴フロアに戻ろうとしている仕草も、「ほぼ新品同様」という怪しげな状態レベルで再び市場に出回ろうとしている衣服に似ている。

一方、ショートカットの女性は短時間で自慢と愚痴の両方を成し遂げ、さっぱりとして、聞き役の女性を従えて足取り軽く岩盤浴フロアのドアの向こうに消えた。このデトックス上手め。

私も紙コップの水を飲み干したあと再びドアを開け、今度は黒い玉砂利を敷き詰めた床にバスタオルを敷いて寝転んだ。足の底で石のかち合う音が響く。貼り紙に〝ご利用の方は、ストレッチなどされると石の音が響くので、お控えください〟とあるので、石がこすれる度に緊張して、ストレッチはだめでもさすがに寝返りはセーフだよね、と誰かに確認したい気持ちでいっぱいになった。ヨガレッスンは再開していて、休憩室にいた全員が戻ってきて、また先ほどと同じ姿勢で寝転んでいる。〝会話はお控えください〟の貼り紙もあるので、休憩室であれだけしゃべっていたショートカットも静かに寝転がっている。

ごつごつした石の上の寝心地は背中のつぼに石の尖《とが》りが当たって意外に良く、焼き芋になった気持ちで熱く黒い石を両手に握りながら、目を閉じた。

他人の会話を盗み聞きして心を乱すのは、私の悪い癖だ。普段はおもしろがって聞いて、会話をしている人たちの関係性を色々想像しながら楽しむのだが、さっきの会話を聞いてしまったせいで、過去盗み聞きしてきた、パワーバランスの狂っている中年の女友達同士の会話を、芋づる式に思い出して胸が苦しくなってきた。

あれは何年前だったたか、晴れた朝の市バスのなかで、一人用の座席に縦に並んで座っていたおばさんたちが、いやにはっきり響く声で話をしていた。前の座席に座り、後ろを振り向きながらしゃべっている、身体の芯に鋼鉄のポールが入ってそうな威圧感のある女性が言うには、自分はたぐい稀《まれ》な強運で、いままで不幸はすべて気合いではねのけてきた。幸せも人望も皆あちらから集まってくるし、病気もすぐ治る、親戚の不幸でさえも私が出向いたら良い方向へ流れ始めた、と力説し、聞き役の身体の芯が湿った段ボールでできていそうな女性は、感心してしきりに頷いたり相槌をくり返したりしていた。

「私の生き方のコツをぜひ聞きたいって人が大勢出てきてね、一人一人に伝授してると大変だから、今度セミナーを開くことにしたの。あなたも来たら。五千円でいいわよ」

「ほんとう?! 良い企画ね、行きたいわ、いつやるの?」

自分の母親が騙《だま》されているような気持ちになり〝そのセミナー行かないで〟と心のなかで必死に止めた。彼女たちが友達同士でなければ、胸が苦しくはならないが、お互いの子どもの近況を報告しあったり（当然、強運の方の女性は子どもも成功し躍進し続けている旨を語った）もしていて、プライヴェートでも親しくしているのが垣間《かいまみ》見えた。

なんで友達にお金払って生き方を教わりに行くの。そんなの行った時点で友達じゃないでしょ。

あ、砂時計をひっくり返すのを忘れてた。目に染みるほど大量の汗をかきながら壁際に手を伸ばし、砂の積もっている砂時計をひっくり返した。私も玉砂利の音を気にしながらうつ伏せになり、目を閉じた。ヨガのレッスンは後半戦に突入し、講師は前半と変わらずなめらかにしゃべり続けているが、生徒の息は荒く、苦しげな鼻息が漏れ聞こえてくる。がんばれ、あともう少しで終わる。私の岩盤浴もあと少しで終わってしまう。このまま最後までおばさん同士の友達関係について考えているままでいいのか、いいわけない。爽快な想像をしよう、青い海、どこまでも広がる大空、深呼吸して、吐く息で頭のなかの考えが全部外に出ていくように。

もちろんパワーバランスが公平でどちらも楽しそうに話しながら寄り添っている友達同士も世の中には多く、特に旅行を一緒に行くほど仲の良いおばさん四人組などは、電車で席を向かい合わせにしてお菓子を分けあってはしゃいだりして、見ているこちらまで楽しくなる。しかし普通に仲の良いグループに比べて、片方が片方をしゃべりで威圧している関係性は、レストランでもバスでも異様に目立つので、つい会話に耳を傾けてしまう。

威張ってる方だけに問題があるのではなく、聞いてばかりの相手の方も少し不気味だ。話し役の女性が長々と話を披露し終えた後に間が空いても、聞き役の女性は自分の話を始めたりせず、また次の話が始まるまで無言でいる。その圧倒的な沈黙は壮絶な気まずさで、また引きずられるように話し役の女性が同じ話を始めてしまうのも無理はないように思える。よっぽど自分について話すことが無いんだな。もしくは相手の勢いに押され、いざ自分の話す番が来ても話すことが思いつかないのだろうか、とも思うが、他にも理由がありそうだ。

彼女たち寡黙な聞き手は、色々と話して自分の手の内を明かすより、相手から話を引き出す方が得だと思っているのだろうか。労力を使わずに気分転換ができて、ラジオを聞いているようで楽なのかもしれない。彼女たちは大抵無表情で、腹に一物ありそうな雰囲気で相手の話を聞いている。単に気が良いから聞き役に徹しているのではなく、何かこう、感心してるふりをしながらも心のなかではまったく別の冷めた考えを隠し持っている気配がする。だって、あまりにも彼女たちはしゃべらなすぎる。一対一の会話なら普通、相手の話が終わったら、その話を引き取る形で、自分の似たような経験談を話したりする気遣いが必要だ。話し役も、相手の経験談が始まるかなと思うからこそ、少し間を空けるのだ。しかし彼女たちは新しい話を始めるでもなく、かといって帰る気配を見せるでもなく、黙ることで相手を威圧している。早くまた話し始めろと言わんばかりだ。話し役の女性は息継ぎも満足にできないまままた自慢話を再開し、洞窟の壁に向かって必死に「私は特別だ、私は幸せだ」と自問自答の会話をくり返すことになる。

　彼女たちの会話が気になる本当の理由。それは、いつか自分もそうなるのではと薄々気づいているからだ。話し役、聞き役、どっちのタイプになるかは分からないが、今現在で他人の会話すら聞いているのだから、おそらく聞き役側だろう。身体の老いはあきらめがつく分それほど恐れてはいないが、関係性の老いはできるだけ避けたい。いま私が仲良くしている女友達、そして未来に出会う女友達とは、年を取れば取るほど、何てことの無い、ささやかな無邪気な会話で盛り上がりたい。

　時間切れ！　午後の用事に備えてそろそろ退室しなければ。ヨガレッスンも終わり、皆心のなかで十二時を目安にしていたのか、十一時半になると次々と部屋を出て行った。最後の一人になってからドアを開けて外の空気を吸うと、運動した後のような心地よい疲れが全身に広がった。ジョギングしてるときも頭のなかがうるさくて走りにまったく集中できない癖のある私だが、汗は間違いなく流せた。脱衣場で湿った服を脱ぎ、狭いシャワー室で温水を浴びたら、肌の表面がつるつるしていて、石鹸《せっけん》のついたタオルで擦《こす》るよりもよっぽど、内側から汚れを取り除けた感触があった。バスタオルを身体に巻いて外へ出て、ロッカー室で着替えを身につける。先に着替えていたショートカットの女性と目があった。あんた新入りよね、身体をちゃんと拭かないと床に水滴が落ちて迷惑だからやめてくれる？　などと言われるかと身構えたが、力なく視線をそらせただけで何も言ってこなかった。友達がそばにいない彼女は弱そうだ。聞き役がトイレから戻ってくるとまた威勢良くしゃべり始めた。商店街でなんらかの店を経営しているらしく、常連さんが今日来る予定で忙しくなりそうだと話している。やたら声に張りがあったのは客商売をしているからかと合点がいった。

「というわけで今日はスーパー、一緒に行くって言ってたけど、やっぱり行くのはやめて、家で少し休んで午後からの仕事に備えるわ」

「えっ、そうなの？」

ドライヤーで髪を乾かしていた聞き役は急に変わった予定に驚いていたが、身支度を素早く済ませたショートカットの女性は謝るでもなく、さっさとロッカー室を出て行った。聞き役の女性はしばらくドライヤーを使っていたものの、途中で放り出して、半乾きの状態のまま、急いで荷物をバッグに詰めて、ショートカットの女性を追った。

なんであぁも、必死になれるのか。まるで恋みたいだ。

私はいままで加齢のせいで女友達の関係が歪《ゆが》んでくると思っていたが、間違っていたのかもしれない。逆に彼女たちの友人関係は、必死で幼い、根底にはなんとか仲良くやっていきたいという努力のひそんでいる友情だったのではないだろうか。そういえば学生のころ、あんな風に友達から嫌われたくなくて、移動教室のときに急いでついていったことがあった。週に何回か、もしかしたらほとんど毎日一緒に岩盤浴に行って、そのあとスーパーにも行く友達が近所に住んでるなんて、ある意味うらやましい。コートの値段なんかではなく、けっこういい年っぽいのに何時間も一緒に岩盤浴に入れることをもっと誇りに思えばいいのに。

二人の去ったロッカー室は静かで、私はゆっくり身繕いをした。鏡をまえに化粧水を肌に塗り込み、乳液でふたをする。受付で必ず、会員になるかどうか訊かれるだろう。今日中に入会すれば入会金無料になるから、ぜひ、と。精神的なデトックスはうまくいかなかったものの、確かに身体はずいぶん温まったし、汗もかいたし、続けていけば代謝が良くなりそうだ。寝転がっていればいいだけで体力的にきつくないし、家からも遠くないから通いやすいし、会費も高すぎないから、むしろ通わない理由がない。でも後一押しが足りない。

友達がいたら通っていたかも。

この年になって一人で新しいことを始めるよりも、金魚のフンみたいに友達と一緒に始めたいなんて、情けない。でももし友達と岩盤浴で待ち合わせができたら、確実に通っていた。一緒に居ると心強くて世界を広げてくれる存在。

ドライヤーで髪を乾かすと、少し指通りが悪く軋《きし》んでいる。

私は学生のころ、気持ちのむらが激しい性質《たち》で毎日同じ自分で学校に行くのが難しく、めざとい女友達に見つかって「あれ？　どうしたの、今日は暗いね」などと言われて、しんどい日もあった。訳の分からない理由でハブにされるより、正論で悪い点を指摘される方が辛《つら》い日もあった。だけど毎日同じ時間に同じ教室でご飯を食べたあのひとときは、いま思えば永遠に繋《つな》がっていたのではと思うほど、間違いなく安心で、のんきで、笑い声のよく響いた時間だった。

いまでは会いたい友達にしか会えない。連絡を取らなければ昔ながらの友達はどんどん減っていき、新しい友達のできる機会は少ない。

「とはいえ、近所に気の合う人がいる確率なんて、低くてなぁ。気を遣って話してたら、それだけで疲れるっていうか」

声に出してみて、あ、そうかとようやく気づいた。みんながみんな、気の合う友達同士じゃないから、傍目《はため》から見てもパワーバランスの狂いまくった二人組がいるんだ。たとえあんまり気が合わなくても、一緒にいれば自分と違う他の人間がどんな風に生きているか、深く知ることができる。

「それでも付き合い続けるって、仲が良いのか悪いのか」

汗をかいて毛穴をきれいにしたあとは、なるべくメイクしたくない。でも素っぴんで外に出る勇気はない、日焼けも気になる。老廃物を流したあとに化粧水を染み込ませて、良い感じにしっとりした肌にUVカット成分の入った肌色の絵の具を塗り込むと、顔がてかてかになった。岩盤浴に入った十分後にまた毛穴を埋めてるんだから、自分でも呆《あき》れる。デトックスは難しい、本当に難しい。心と身体を鍛えて、些末《さまつ》なことを気にしすぎず、ストレスに立ち向かう強さを身につけるのが先だ。

色つきリップを塗ったあと、ロッカー室をあとにした。勧誘、うまく断れるかな。

こたつのＵＦＯ

三十歳になったばかりの私が、三十歳になったばかりの女性の話を書けば、間違いなく経験談だと思われると、これまでの経験から分かっている。太宰治《だざいおさむ》の、早くに小説家デビューした女の子が最終的になにも書けなくなり、「炬燵《こたつ》は人間の眠り箱だ」という愚にもつかない話を書いた、という短編が好きなので、それになぞらえて炬燵モノを書いてみたのだけど、多分そういうのって言い訳に聞こえるだろう。

小説について訊かれるとき、まるで本の中の主人公にしているみたいな質問が続くと、自分でも混乱してくる。

「あくまでフィクションですから、主人公と同一視しないでください。創作上の話で、私は主人公と似通った境遇も思考も一切ありません」

きっぱり言い切ると、どこか自分があわてて逃げたような罪悪感が残る。他人に脳みそを丸ごと乗っ取られたような状態で書いているわけでもないのに、まる

で責任逃れしているみたい。かと言って、

「ええ、ほとんど自分の経験談です。そん時悩んでいた人間関係について、そのまま書いたら、本になっちゃいましたよアハハ」

も、かなり違う。どちらの答えを選んでも詐偽になる。

正確に答えるためには、書いた文章を一行一行精査して、この風景描写は見たこともない完全な想像だけど、この人が住んでいる設定の家は過去に私自身が住んでいた家と間取りが同じで、主人公はぶどうが好きってことになってるけど、私自身はそれほど好きではなく、でも主人公の食べているこのぶどうパフェは私も食べたことがあります、とやっていくしかない。綿密かもしれないが、手間がかかりすぎる。折衷案として、

「現実に体験したことも含まれてますが、大体は想像ですよ」

が正しく思える。しかし、こう答えるとどこが現実でどこが想像なのかの判断を、読者の方に任せることになる。それは読書においては楽しみの一つで、

「この作者、どの作品でもやたら高速で車をブッ飛ばすシーンを書いてるけど、やっぱり本人もスピード狂なのかな」

とか、

「この作者の男にフラれる場面、やたら情感たっぷりだけど、さては過去に同じやり方でフラれてるな」

などと読みながら考えるのは、私自身好きだ。

小説を読んでもらえるなら、私自身がどんな人間だと思われてもしょうがない。ただ一つ切ないのが、自分にとって非常に身近な人たちが、私の書いた本を参考にして、私の性格や過去を分析するときだ。目の前の現実の私より、書いてきた小説を「正直に心情を吐露した告白小説」として信用されると、仕事に喰《く》われるような恐怖を感じる。私が笑顔で何を言っても「そんなこと言っても本心は……」と小説の主人公の性格の悪さを参考にされるのは、正しいのか正しくないのか分からないが、ある意味仕事する目的を失いそうになるくらいむなしいできごとだ。露悪的な小説を書いてきた分、代償が大きい。

しかし身近に何かを作り出す人間がいたら、その産物こそが正直にその人の人間性を表している、と私は思わないでいられるだろうか？　いつも美しい白磁の壺《つぼ》を作っている陶芸家が、ある日突然ヘビを模した取っ手のついた、悪趣味な極彩色の縄文土器のような物を作り出したら、

「なにか悩みごとでもあるの？　もしくは古代文明にハマってるの？」

と思わずにいられるだろうか？

きっと難しい。しかも相手が身近であればあるほど、難しい。この陶芸家が自分の兄で、表向きには元気そうでも前述のような物を作り始めたら、「なにか悩んでいるのではないか？」と心配になるだろうし、先日一緒に見たテレビのなかに、縄文時代特集があったら、あの番組に影響されたんだと確信するだろう。誕生日を迎えたばかりの作者が、だれにも誕生日を祝ってもらえないさびしい女を書いたら、読者の方は「一人きりの誕生日をじっさいに過ごして、不平たらたらなんだ」と思うし、祝ってくれた身近な人は「祝ったにもかかわらず、結局本人は楽しんでなかったんだ」とがっかりする。唯一の解決策としては、「緑の蛙《かえる》グリロッグの、ハラハラドキドキ蓮《はす》の池大冒険！」を書けば、堂々と想像力百パーセントの世界ですと言い切れるが、残念ながら私はファンタジーの想像力が乏しいし、物語を作れるほどグリロッグに興味を持つのも難しい。

きっとこの悩みこそが、個人の脳内世界を勝手気ままに撒《ま》き散らかしてきた、いままでの所業の副作用なのだろう。自業自得、だれにも文句は言えないから、ひっそりと頭を抱える。現実と架空の癒着がひどくなり、虚と実がうまく分類できないほど混ざり合い、思考を蝕《むしば》んでゆく。

しかしその結果、逆説的に、書き始めてすぐの小説だけが、新鮮なレバーのように珍味で生命の嚙《か》みごたえが残る〝真実〟として、今ページを埋めようとしている。見苦しい言い訳は消え去り、〝おはなし〟だけが残る。

困難ってさ、努力して乗り越えられるほど甘いものじゃないときの方が多いよね。困難が可視化したり数値化できたら、目の前にそびえる険しい山を見上げて「あ、こんなんじゃ無理だわ」ってすぐあきらめがつくのに、見えないから、無謀でもつい挑戦しちゃう。どれだけがんばっても自分ひとりで月に行くのは無理なのに「月面着陸を達成できた人もいるんだから、私もできるはず」って奮起して、結果できなくて、やっぱり私ってダメなんだと自己評価を落とすだけで終わってしまう。

逆もある。歩いて隣町へ行くくらいの努力で済むのに「とうてい私にはできない」と尻込みしてみすみすチャンスを逃すパターン。もしできなかったときのリスクを考えて挑戦しないとか、きっと天から神様が見てたら「もったいない。この程度の困難なら、この子ならお茶の子さいさいで乗り越えられるのに」ってこと結構いっぱいあるんだろうなあ。

だからはっきり数字で難易度が出るものって逆にありがたい。受験とか、大学の偏差値や自分の点数を知ることのできない制度だったら、何人もの受験生が自分の学力に見合った大学を選べずに、散っていったと思う。病院もいい。血圧が高いとか癌《がん》のステージいくつとか、ちょっと改めれば良くなるかもしれないとか、この段階にきたら覚悟を決めなければとか、けっこう如実に出るもんね。これももしまったく分からなかったら自分は全然平気だと無理してしまい、寿命を縮める人が増えたかも。

いまよりデータが少なかったずいぶん昔にこの地球に生きていた人々は、きっと苦労しただろうね。よく出る話だけど初めにフグ食べてみた人とか多分死んだだろうし。初めにウニ食べた人もあの黒イガイガにも負けずすごい勇気。意外と食べられたもの、もう全然無理なもの、実際に口に運ぶまで結果は分からない。無理だと思っても、いや努力すればイケるかもと思って、木の皮をやわらかく煮たり、ささがきにして干したり、ちょっと腐らせてふにゃふにゃにした人もいただろう、でもどれだけがんばっても木をおいしく食べる技術は発達しなかった。

人の気持ちも難しい。付き合いたい女がいたとしても、その子がまんざらでもない様子でくねくねしながら、えーどうしよう、ごめんね、やっぱり無理かも〜。

なんか自信ないし〜。えーでも分かんない。などと言っておれば、もしかしたら押したらいけるのでは？　もう少しがんばれば光が見えてくるはず！　って勢いこんでも、実はその女の心のなかじゃはっきり無理、どう考えても裏返すことのできない真っ黒なＮＯ、ということもあり得る。

賭け事はその〝もしかしたら〟感を巧妙に使っていてたちが悪い。もう少し運があれば、天が味方してくれれば当たったんじゃないか？　うわーすぐ隣の人が大穴当ててる。おれもがんばらなくちゃ。いけそうでいけないから躍起になってボタンを押し続ける。人生への訳分からなさ、期待と不安を最大限に利用しているようでとてもグロテスクだから、賭け事は好きではないな、私は。

そこで言うと、年齢というのは分かりやすい。今日三十歳になった。どんなに若作りしても、逆にめちゃくちゃくたびれても、きっちり三十年生きた事実は変わりない。

こんな昼にまだパジャマのままで、寒いからって閉めたままの窓を覗《のぞ》き、薄曇りの空と電線に止まるすずめを見ている人間は、どれくらいいるんだろう。このアパートにももう一人、町内には合わせて十人くらいはいるのかな。影の存在だから目立たなくて分かりづらいんだよね、同族とは横のつながりもないし。おじいさんおばあさんならいそうだな。そうだ、私は生活だけみれば独居老人なんだ。身体が元気な分まだましか。でもどうしてこんなに、社会の群れからはぐれちゃうんだろう。

人と話すのが嫌いとか、引きこもりになって何年とかではなく、私はごくごく普通に人と接するのは好きだ。バイト先でも同じシフトの子と仲良くなり昼ご飯もいっしょに食べてたし、年末に開かれた忘年会にも出席した。でも辞めたあとも会うほど仲良くなれた人は一人もいなかった。元彼もそう。本気で愛すし世話も焼くし、束縛されたりしたり結構いろいろ激しいけど、ある日ふっと両方ともがさめちゃって、んじゃ。と家を出たとたん、一度も連絡を取り合わなくなる。性格がドライなのかな、実はみんなから嫌われているのかな、など原因については色々考えたけど、結局は〝運命《さだめ》〟としか言いようがない。

人間たちにコミットしようと扉を叩く、彼らは出迎えてくれる、そのなかで一定の期間を過ごす、そして、んじゃ。と外に出るともう二度と元の場所には帰れない。きっと外に出るから悪いんだよね。居心地が悪くなっても空気が薄くても、彼らに囲まれて過ごしたいのなら、自分の椅子をしっかり守り、我慢強く居続けなければいけない。私からすればタバコ休憩くらいの軽い気持ちで出て行き、携帯などの通信手段もあるわけだし、その場にいなくてもつながってられるかぁくらいの気持ちでいるけど、甘いのかもしれない。

みんな、こんなぷっつり切れちゃうものかな。家はあるけどまるでノラだよ、ノラ女だよ。街で見かける人はみんな他人さ。

でも悲愴感《ひそうかん》はない。それは自分でも気に入ってる。孤独だ、ぼっちだ、社会不適合者だ、死のう。なんて思いつめたこと、一度もない。身体が健康で、大好きなＢ級グルメを食べられるほどにはお金があるのがうれしい。ゆっくり寝られるのも。男と寝るのもあったかくて気持ち良いけど、一人でベッドを広々と占有できる睡眠も、また格別のものだ。

全生涯で炬燵が私から奪った時間を換算したら、きっと世界一周できるはずだとくやしく思いながらも、まだ肩まで炬燵布団をかぶったまま動けないでいる。部屋に閉じこもり続けるのが引きこもりなら、炬燵から出られないのはもう一つスケールの狭くなった、救いようのない、こたつむり。陽《ひ》が出ているうちに早く、家を出なければ、決心がにぶる。外、真冬で寒いもんなぁ。しかし私は今日かならず図書館に行くのだ。三十歳の誕生日、世界一周は断念しても仕方ないが、町内にある図書館にまで行けなかったら、自己嫌悪で堂々巡りの思考の地獄が続く。

うめき声を上げながら炬燵からずるりと這《は》い出て、着ていたパジャマ兼部屋着のスウェットを脱ぎ、デニムと水玉模様のからし色のトレーナーに着替える。前髪のピン留めをはずし鏡を覗きこむと、眉毛が途切れた顔は、目が小さくて、微笑《ほほえ》みが一ミリも浮かんでなくて、男みたい。

バイトしていたときは勤務日は化粧して服も外出着に着替えていたから、多少変化はあったけど、いまでは基本この格好のまま、体臭がしみついたら洗濯して他の似たようなのに着替えるだけの日々が続いている。季節感さえ、あまり無い。いいや、もう眼鏡のまま行こう。コンタクトつけるのめんどくさいし。眼鏡のまま自転車に乗ると、酔うんだがなぁ。もう、今日は歩いて行こう。ちゃっちゃと髪をとかし、ピンの癖がついたままの前髪を乾燥ぎみの額に斜めに垂らし、こげ茶のニット帽をかぶる。

マスクをして、手首まで覆う手袋をつけて準備万端、借りた本を入れるトートバッグを持っていざ出陣。玄関の電気を消すとき、1DKの部屋をふり返って、物悲しい思いが胸に去来する。私はここで、生きてるんだなぁ。身勝手に、自由に、毎日似たような日々を送り、せせこましく。私が死んだらこの部屋もなくなるだろう。そしたら私の痕跡は遺品くらいしか残らないけど、やがてそれも捨てられる。

「悲惨だなあ。わびしいなあ」

呟いてみるが、別にそこまでじゃないなと判定して鍵を閉めて外へ出て行く。今日はなにを借りよう。予約してた新刊が届いたと昨日連絡がきたから、楽しみだな。

図書館員から受け取った新刊を小脇に抱えて、借りられる限度の冊数は五冊だから、あと四冊借りられるのに、どうしても選べない。一冊のためにまた二週間後、寒風吹きすさぶなか返しに行くのはめんどくさくなるって分かってるから、意地でも借りた方がいいのに。

歩きながら、書棚に並ぶ本の背表紙を、なだらかに順々に触れてゆく。黄ばんだ古い本たちは、時間の経った蝶《ちょう》の標本みたいに、触ると指先に枯れきった鱗粉《りんぷん》がくっつきそうだ。人間、風雪にさらされた壁が少しずつ朽ちていくように、年々弱るのだとしたら、どうやってリフォームしてけばいいのだろう？　整形なんてうわべだけだし、どれほど健康に気を付けても朽ちるスピードに抵抗してるだけで時間は誰にも平等に流れる。

あと心のリフォームも、目に見えないから放っておきがちなだけで、ほんとは経年と共に身体以上にやばくなっているのではないか？　うつ病は心が疲れきっているサインなんていうけど、うつ病までいかなくても生きてきたなかで色々悲しいことや自分の罪、他人や近しい人の罪を通して、無垢《むく》だった心が段々汚れていき、いまでは、良心？　義務？　は、なんのこっちゃですわ、と開き直るような哀《かな》しい事態になっていないか。妙に狡猾《こうかつ》になったのを経験豊富と呼んでごまかしていないか。

カラー写真の入った図鑑を抱えた、小学校低学年くらいの女子が、なにが楽しいのか満面の笑みで横を走り過ぎる。私もあのくらいの年のころから図書館に夢中で、放課後行けるときには必ず学校の図書室か市の図書館に行ったものだが、痴漢が多くて困った。すれ違いざまに胸を触ってくる奴《やつ》や、本棚の下の方にある本を取るふりをしてしゃがみ、スカートのなかを覗こうとする奴。いまなら館内中に響き渡る大声を出して、痴漢男の腕を引っ張って受付へ連れて行くのに、十九歳を過ぎてからあの人たちの攻撃はすっかり止《や》んだ。絶対勝てる子どもにしか犯罪を犯さない彼らには守りたいものがいっぱいあったのだろう、泣き叫んでやればよかった。

そうだよ、図書館にこそ防犯カメラが必要。そういえば私二十代半ばのころ、将来図書館の防犯に尽力できる人間になりたいと本気で夢見てたっけ。わりとまともな、大切な夢の気がする。すっかり忘れてたけど。

結局、新刊と最新の児童書だけ借りて図書館を出た。自分の幼少時代を思い出しているうちに最近の子どもはどんな本を読んでいるのだろう、パソコンや携帯が普通に出てくる本なのかな？　恋愛とかも進んでいたり？　と気になり始めたからだ。

外は本気で殺しにきてるなと感じさせる寒さで、マスクと眼鏡で防護したつもりの顔に、とがった風が忍者のまきびしみたいに突き刺さる。図書館にいる間に雪が降ったのか、景色全体が白っぽくなっているが、最近よく降るので、めずらしくもなんともなく、はしゃげない。街の景色はさびしく、人も歩いてなければ車さえも時々しか通らない。街路樹は葉どころか枝さえ刈られて、精神鑑定のテストでこの木を描いた人間がいたら、即異常と判断されそうな無残さだ。しかし春になれば緑の芽をつけ、やがて葉をふさふさにさせる。

人間も木と同じ生命形態を取ればよかったのに。春夏と咲き誇り、生い茂り、秋は落ち葉を散らし、冬は死んだようになる。そしてまた、満開の春……！　恒常的に活動するのではなく、木ぐらいめりはりをつけて生きれば、一年を通してリフォームできる。冬眠？　いや、クマとかは言っちゃ悪いけど効率悪いな、冬は寒いから寝るでござるという印象ばかり強くて、春のリニューアル感が薄い。

つぎつぎ生まれ変わってるなぁーと感じるのは、テレビや社会の人間たちだ。年を取り使いものにならなくなって、あるいは年でもないのにどこかお疲れの部位が顕著に出て覇気のなくなった者は、やさしく土俵の外へ押し出されて、どうぞ消費してくださいと言わんばかりのイキのいいのが、ぴちぴちっと飛び込んでくる。つまり一人の人間のリフォームはあきらめて、別の人間をつぎつぎ投入することで生命力を維持している。

社会は不老不死だ。あいつらは新しくて使いものになる人間を、キミは有能だ優秀だなどと甘言で引き寄せ、頭からばりばり食い、冬眠するまえのクマより貪欲にエネルギー補給して、木のように冬には潔く丸裸になるわけでもなく、年がら年中三百六十五日貪欲に動き続けている。

ずるい、ずるいよ社会。もっと人間一人一人を大切にしようよ。あと人類も、誕生してからだいぶな年月が流れたんだから、もっと毎年生まれ変われるような機能を身に付けようよ。しっぽとか、生えてたんでしょ？　その分をさぁ、もっと有効活用してよ。女の人の胸のサイズが時代と共にどんどんおっきくなってるらしいけど、そんなとこ工夫してる場合じゃないでしょ。いや、それも重要だけどさぁ。

「もっと、人類はもっと進化しないと。冬は茶色い体毛に覆われ、夏は臓器がとっても冷たくクールダウンして」

気がついたら声に出てて、ブーツを履いた足が薄く雪の積もったマンホールの上にさしかかり、ずるっとすべったのも束の間《つかま》、ふわりと手に汗のにじむ感覚、恐怖、急激に力を入れてなんとかこらえた腰、まだすべってる足、ああ、あお、こけた……。私こけた……。普通こけるとすぐ立ち上がるものだ、しかし雪のせいか、激さむの住宅街はオーディエンスゼロ、焦る必要もないから大げさにため息を吐きつつゆっくりと立ち上がる。

あれだね、転ぶ瞬間を見られるのはたまらなく恥ずかしいけれど、誰も見ていないとそれはそれで転び損の気持ちになる。

トートバッグのジッパーを閉めていたおかげで、借りた本は飛び出してない。デニムを穿き手袋をしていたから、擦り傷はなく、コートの端はみぞれ化した地面の雪でぬれてしまったが、実質的な被害があるとすれば、地面で打った脛《すね》に青あざができていないかくらいだった。夏の青あざはスカート穿くと哀れになるからへこむけど、冬の青あざはズボンかタイツで隠せるからへっちゃらだよね。痛いけどね。雪の舞い降りる空は灰色だけど、各家の屋根に雪が降り積もっているせいで、純白が照り映え、街は妙に明るい。

そうだ、木だけじゃなく、季節もうらやましいな。だって毎回同じなんだもん。いつだって暑すぎる夏、寒すぎる冬、人は厳しすぎる気温変化に文句を言うけれど、地球温暖化の話題に敏感なのは、当たり前のようにめぐってくる四季に変化が生じたらと思うと、こわくてしょうがないからなんじゃないかな。

だめだ。四季や木をうらやましがってたりするから転ぶ。私は自分の誕生日におびえすぎ。ここまで三十歳の誕生日をこわがっていると知ったら、私の周りの人間は一人残らず呆れるだろう。分かるよ、と言ってくれる人もいるだろうが、どれくらいのレベルでおののいているか二時間にわたってこんこんと説明したら、とりあえず力抜こう、温かいコーンスープでも飲みな？　って展開になるだろう。自分でも分かってる、異常だ。なにしろ半年前からシューベルトの魔王に追いかけられてる子どもくらい、こわがっているのだから。

永遠の若さよ、我が手に！　どうしたらいいの、どうしたら手に入るの、京都市民らしくお膝元のわかさ生活の作るブルブルブルブルアイアイブルーベリーアイのサプリでも飲めばいいの。って苦しみは、十代のころ恐れていたよりもよっぽどなかった。むしろその辺りは無理に言い聞かせる必要もなく、わりと肯定的に、明日の自分より今日の自分のほうが若い、と思ってエネルギッシュに生きている。そこは、大丈夫なんだよなぁ。しかし。

二十代の宿題、三十代に持ち越した……。

思っていたほど大人になれてない。それが思ったより辛いの。強迫観念により勝手に追い詰められている人、というのは、はたから見てるとからかいがいがあっておもしろいものだ。本人がマジであればあるほど、ちょっとした事象にもくるくる踊らされて、いい大人が一喜一憂だもの、肩を叩いて、まあまあと言ってやりたくなる。他人《ひと》ごとなら温かい気持ちで見守れるものだ。しかし自分となれば、わっぷわっぷ溺れてるまっさいちゅう、どれだけ「力を抜けば浮くよ」と言われても沈む一方、しょっぱい海水が口のなかに入ってますますのパニック。ほんの浅瀬で、自業自得で溺れてる。私は勝手に自分に課した宿題のせいで、噛み締めすぎた奥歯が痛い。

もっと大人になってるつもりだったのに。

家に着くとドアを開けた途端、桟にたまった結露が落ちて脳天に直撃する。冷たいがいくら拭いても翌朝には窓枠にもドア枠にもびっしり結露がたまってるので、慣れっこになってしまった。踏み入れた玄関が昨日掃除したおかげですっきりしていて、心の底からほっとする。やさぐれてずっと掃除できなくて、不潔なたるんだ部屋の状態が長かったため、ストレスが溜まっていた。いいことなんて一つもないが、とりあえず掃除はできてよかった。ちゃんと暮らしてる、という実感のためには環境がとても大事だと痛感する。

昨日買って冷蔵庫に突っ込んでおいた、水炊きの材料をテーブルに出す。どうして一人で食べると孤独の際立つ鍋を誕生日に選ぶ。そうだ、ケーキを買おうとしてホールか一切れかで迷ってるときに嫌気がさして、鍋にしようと突発的に決めたんだった。

「なんか、ごめん」

自分自身に詫《わ》びるまえに、私にはもっと真摯に痛烈に詫びなければいけない他人が何人かいる。でも結局自分が一番可愛《かわい》いせいか、こんなに心から申し訳ないと謝ったのは、いままでで自分に対してだけだ。こういう人間だから家族が作れなかったのだろうなぁ。冷蔵庫から飲み物を取り出すためにしゃがみ込むと、心までしゃがみ込んでしまって、涙は出ないものの情けなさに黙禱《もくとう》を捧《ささ》げた。

自己評価、というものの儚《はかな》さよ。私は調子の良い人間で、うまくいってるときは実際よりも何倍も良い評価を自分に下して悦に入るが、期待が外れるとみるみる顔色が黴《かび》の生えたチーズのようになる浮き沈みの激しさがある。本来なら泣きやまない赤ん坊を抱えて世話している年齢の人間なのに、自分のご機嫌取りなどくだらない案件で悩みたくない。

だめだ、また自分が情けなすぎて暗くなった。落ち込みを忘れさせるツボを発見できればいいのに。首の後ろのここを極小の針で刺せば、ゲーム機やデジタル時計についてるリセットボタンを押したときみたいに、すべてが消えるツボ。三十代からはそのツボの発見を目指す。楽しいこともいっぱいあったのに、こんなに愚痴だらけなんて、私がいま切ってる白菜にも手から悩みの汁がうつって、しんなりしちゃいそうだ。

鶏《とり》の生肉をわざわざ包丁で切って、まな板をぬるぬるにするのが嫌だったから、大きいのは手で引きちぎって小ぶりにしてゆく。毎度の食事でほかの動物の命をもらってるのに、リセットだなんだと、腹立たしい。さっきは社会の貪欲さに頭にきてたけど、私だって自分の命のためにほかの尊い命を食っている。しかも賞味期限内の新鮮な食材ばかり貪欲に求めて。しかし鍋に鶏が入ると一気においしくなる。いいだしが出るし、ほかの野菜を食べているときにも、次は肉を食べようという心づもりをしながら食べてる。野菜も好きだが、いまだに私にとっての食卓の主役は肉と魚だ。

　頭のなかで文句ばかりつぶやきながら作った鍋だったが、おそろしく旨《うま》かった。明らかに四人前はあるから、明日も同じものを食べるのだろうと思っていたのに、具はほとんど無くなり、ご飯を放り込んで雑炊にする段階に来ていた。水炊きはヘルシーと言っても、これだけ食べれば身体にちょうど良い域は超えてるに違いない。重いお腹を横にして借りてきた新刊を開いてみるけど、四ページめに突入したあたりで、まぶたが重くなる。

　部屋は暖房と炬燵で少し暑すぎて、鍋を食べてほっかほかの私は、鏡を見なくても茹《ゆ》でダコの顔色をしてるのが分かる。本を炬燵のテーブルに置いて寝返り、身体の向きを変える。考えてみれば炬燵は好きではない。熱源が足に近すぎて、しばらく突っ込んでると温まりすぎた脛がかゆくなってくるし、床に直接座るスタイルも腰が痛くなってくるし、入ったまま眠ってしまうと口がからからに乾いて最悪な寝覚めを経験する。寝返りも打ちにくいし、こたつむり状態の体勢でいると、異常に自堕落な人間になってしまったようで、罪悪感も半端ない。それでも毎年炬燵をいそいそと出してしまうのは、炬燵に対してユートピア幻想があるからだろう。炬燵に入りながら鍋、これこそ日本の冬だね、みたいな、これやっとけば安心と、どこかで典型的な冬の過ごし方をすれば普通の生活を営んでいるといえる、と甘えているのだろう。

風圧を受けてサッシがびしびしと鳴った。ははん、外は寒いのだろう、これほど暖かい内側にいると、ちょっと優越感。すごい風、瞬間風速のすごい、竜巻のような風が野外で巻き起こっているらしく、窓だけでなく部屋も軋む。そろそろと首を伸ばし、窓のそばに顔を近づけてみると、カーテンが引いてあるのに部屋の中心とは違う冷気の漂いが頬を刺した。

カーテンの隙間がちょっと空いていて、それが恐《こわ》い。夜、カーテンやドアの隙間を気にせずにはいられない。誰かが覗いていたら、手がはみ出していたらと思うと、すべてきっちり閉めないと眠れなくなる。あの恐怖は本能的なものだろう。人類は隙間から魔が忍び込むと本能的に知っているのだ。手を伸ばしてカーテンをきっちり閉めようとすると、ものすごく眩《まぶ》しい光が隙間から差した。ベランダのすぐ向こうに野球場ができてナイターのライトがいっせいに点《つ》いたのかと思うほどの明るさ。もしくはパチンコ屋などが宣伝のために夜空をサーチライトで照らしたりするが、あれが間違えて我が家を照らしたがごとくの。

「なに？　なにごと？」

立ち上がりカーテンの隙間から顔を覗かせると、小さなベランダの向こうに、いくつもの黄色い丸い窓。いきなり新しく建った家?!　いや違う、距離が近すぎ。これは乗り物だ。銀色の空を飛ぶ乗り物。

窓を開けると冬の寒い風と一緒に目の前の巨大な機体から発される、微弱な音波のようなふるえが伝わってきた。巨大な機体から聞こえるのは微かな駆動音のみ、プロペラも羽根もなく静かに浮いているその姿はまるで、

「オソクナッテゴメン」

悲鳴をあげて声のした方に振り向くと、ベランダの端に鈍い銀色にぬめり光るグレイがこちらに片手を上げて立っていた。私の身長の半分くらいしかない。

「遅いって？　どゆこと？」

「ムカエニキタ。コレニノッテ、ボクタチノ星ヘカエロウ」

差し出されたやけに長い三本指のついている手は、妙に説得力がある。

「わ、ワカッタ…」

なぜか私も片言になりながら、その手を握ると、足の裏が地面から二、三ミリ浮いた。ＵＦＯがゆっくり上昇してゆく。七色の光がさざめくとても複雑そうな基板が、裏底に張りめぐらされている。

「浮クヨ……コワクナイ……」

見えない磁力に引き寄せられて私とグレイはＵＦＯを追いかけて夜空を漂う。ＵＦＯの側面にはいままでなかったドアのない入り口が現れて、まばゆい光のもれるその入り口は、私たちを呼んでいる。

「コワクナイ、コワクナイヨ……」

ＵＦＯ内のある一室、簡素なホワイトルームの中央で、椅子に座らされた私は、目のまえの宇宙人に、人類に対する質問をされている。宇宙人にとって私は初めて採集した人間のようで、彼らは興味しんしんだ。

「人間トハ、ドウイウ生キ物デスカ」

「男と女がいますね。ちなみに私は女です」

「オンナトハ、ドウイウ生キ物デスカ」

「女は……他人の噂話《うわさばなし》が好きですね」

「ウワサバナシ」

「ほかの人たちがどんな暮らしをしてるのかすごく気になるので、誰々があぁした、こうしたの情報交換ばかりしています。他人の不幸をこっそり喜び、他人の朗報をこっそり妬む。いうまでもなく、私もその一人です。まれに心のきれいな人はいますが、他人の状況を自分の状況といっさい照らし合わせることなく、相手を評価できる人はまれですね。というのも、女は同調意識が発達してるんです。不幸も、周りの人たちがほとんど不幸だったら、大体受け入れられます。逆に周りが不幸で自分だけ飛び抜けて幸福なら、きまりが悪くなって幸福の質を落としてしまうくらい、周りをうかがう性質《たち》なのです。女は一生、自分にとっての本当の幸福なんか分からずに生きていく生き物です」

宇宙人に、人間についての偏見を叩きこむのは、なんて楽しい作業だろう。人間を知らない宇宙人は「一概には言えないでしょ」とか「極端すぎるでしょ」「あなたの偏見でしょ」などと反論してこない。黙って空中に私の言葉を書き連ねている。細長い銀色の三本の指で、見たことのない指揮棒のような筆記用具を操りながら。

「オトコトハ、ドウイウ生キ物デスカ」

「男は……、おっぱいが好きですね」

「オッパイ」

「これです」

服の上から二つの乳房をつかんだが、ブラジャーをつけてない部屋着姿のままだったので、形が整っておらず、少し恥ずかしい。

「常についてる身からすると、場所が違うだけでお腹についてるのとなんら変わりない脂肪としか思えなくて、特別視する理由が分からなかったんです。しかし最近ですね、ふとした拍子に自分でもんでみて気づいたんですよ。これはいい。もむほどあるのかよ、って言われると切ないんですが、私くらいのささやかさでちょうどいいんです。寝るまえに飲むコーンポタージュスープほどの量ですね。真夜中にトイレに行きたくて目が覚めるほど飲んじゃいけない。小動物を手に乗せてるときのようなかすかな高揚感があります。さすがにエッチな気分にはなれないけど、ぽやんぽやんしてて、あったかくて、癒やされる。もんだ後の手のひらにも脂肪の温かさが、薄く甘い膜となってうっすら残る感覚も良い」

あまりにおっぱいを褒めると、宇宙人が「ワタシモ」と手を伸ばしてこないか心配になり、いったん言葉を切ったが、宇宙人が微動だにしないので続けた。

「自己セラピーになり得るほど偉大な力です。つらいとき、悲しいとき、女子、自分のおっぱいをもめ、と全女性にアドヴァイスしたいですね。男とか赤ちゃんだけに貸してあげるのじゃもったいないよ、大きい人も肩こりの原因だなんていまいましく思ってないでさ、恥ずかしがらず潔く、もんどけ！」

がっ、と膝が寝返りを打った拍子に炬燵の脚に当たって、飛び起きる。十一時半。二時間も変な時間に寝てしまった。体内の水分は炬燵にすべて奪われ、鍋の具材を一人で平らげたせいでお腹がいっぱいになりすぎて、起きたあとも気持ち悪い。どうしようもない夢を見た。

いや、あれは夢でなく、私はじっさいにUFOによばれて、なにか機材を体内に埋め込まれて、また炬燵へ戻されたのかもしれない。しかし機材が埋まってるとしたら、〝困ったときはUFO頼み〟と深層では考えているらしい、この私の脳みそが一番怪しい。真剣に悩んでいると思っていたのに、脳みそよ、おまえは私が想像もつかないほど、はっちゃけた奥の手を潜ませてるんだな。

「自分が、心配だ」

地球外生命体に助けを求める己の脳の図々《ずうずう》しさに、誰ともなくごめんなさいと詫びながら、カーテンを開ける。窓の外には、ＵＦＯでなく雪がまた降り出している。ベランダに出て、もうあるはずもないのに、今日の夕方自分が雪に付けた、一人分の足跡を外灯の照らす道路に目で探した。

知らないふりを決め込めば、簡単にやり過ごせる他人の心の機微や傷つきに、立ち止まる勇気がなくなってから、もうずいぶん経つけど、走った距離の分だけ心の空白は大きい。息せき切ってふと立ち止まりふりむくと、自分一人の影だけが細く長く伸びている。昔大切だと確信していた繊細な風の揺らぎ、少し気づまりな沈黙、他人の家の日当たりの良いバルコニーに干された洗濯物を見たときの謎の懐かしさ、冬の夕暮れの早さへの原始的な恐怖。

記憶喪失というより感覚喪失の勢いで忘れていってるし、昔スープのパセリの成分まで嗅ぎ取れていた鼻も、強くスパイシーな匂いにばかり慣れてうまく利かなくなってるけど、けど大切だったたってことは覚えている。動画にも写真にも日記にも残せなかった青春の名残りは、皮肉だけど想像もしなかった、皺《しわ》って形で顔に残ってる。

色あせた賞状でも、まだ着られる可愛い薄生地のワンピースでも、今つかんでる充実や幸せにでもなく、常に切り離せない皮膚、身体に証《あかし》が残る。これからも増え続けると思うと、あきらめとともに安心がこみ上げた。恐ろしいほどに人類平等な記録、どんなに美しく生きようが、反対にだらしなくダーティに生きようが、一つの言葉も持たない老いは付加価値を許さない。

雄弁な皺などあるだろうか？　生き方の高潔さが表れている垂れ下がった乳房とは？　人の身体のうち、何歳になっても雄弁なのは、いつも変わらず瞳で、努力の鼻息を伝えるのは鍛え上げられた筋肉、永遠の幻想を夢見させるのは、子どものすべらかな、少し細すぎる二の腕だ。

平等すぎるほどの生きた証を身体に刻みながら生きていけるなら、大切な人の名を記したタトゥーも、心を晴れやかにするための染髪も、見るだけでうれしくなる華やかなネイルアートもいらない。あ、いるか。美しいもんね。いるけど、身を飾るものに純粋な目的以外の意味を乗っからせる必要はない。

いまは炬燵がmy基地だけど、いつかUFOが迎えに来たら、迷いなく乗り込めるほど身軽に生きたい。何十年生きても、老いた証拠は身体にだけ残して、心は颯爽《さっそう》と、次の宇宙へ、べつの銀河へ。可能性はいつだって、外ではなく自分の内側に埋まっている。

ベッドの上の手紙

この手紙、どうせお前は読まないだろ。おれの書く文字はのたりくねって神経質、とんだ悪筆で、読んでいると頭が痛くなると、昔なじっていたし。小説の文章は一級なのにね、と付け加えておれの肩をやさしくなでてくれたのは、うれしかった。

この半年の間、お前と音信不通になって、毎日ほとんど寝られなかった。だから先週ポストを覗いてお前からの郵便物を見つけたときは、狂喜して、その場で袋を破いたよ。出てきたのはおれの著書の最新刊。開いて一ページめの扉にお前の殴り書き、

私はやっぱり最後は自分で死ぬ作家が好きです。

やっぱり、ってなんだよ。付き合ってたとき、一度も言ったことないくせに、考えに考えてたどりついた結論みたいに書くなよ。

どういうやり方が人を一番傷つけるか、お前は熟知している。無言の軽蔑でお

れを責め続けたお前が、唯一侵さないでくれた聖域が、おれの仕事だった。〝乱暴すぎて万人受けはしないでしょう、でも純文学って暴力や苦しみをさらけ出す意志の強さが重要だよね。私は専門家じゃないから詳しくは分からないけど。〟あの言葉の裏で、こいつ生き恥さらしてねえで早く死なねえかな、って思ってたのかよ。

おれが泣きながら電話すると、着信拒否は解除されていて、ひさしぶりのお前は「あんなの冗談だよ、本気にしないで」と笑った。「おれも死ぬのが一番と思ってるよ。自己を追究してほじくり続けて精神の底に穴を開け、大切なものすべてを穴から垂れ流しておっ死《ち》ぬ。それが文学の務めだ。でもおれはまだそこまでの仕事をしてないから」「だから冗談だってば。なんとなく、あなたが言ってほしいんじゃないかって、思っただけ。ねえ、それより元気にしてるの？」

初めて会ったときのお前は、蛇の目をしていた。やわらかく上品な物腰、快活に響く笑い声、唇からは聞いて心地良い表面的な言葉のみを紡ぐ反面、頭では相手をどう食い物にするかの最短ルートしか計算してなかった。温かい流水に覆われた壁。どの言葉も沁《し》み込まず、ただ前面を流れるから、お前と話していると空虚だった。でもそのさびしさが好きだった。

電話で話すうちに、いまお前がとてもさびしいのだと気づいた。自分の言葉におれが傷つくことで、癒やされている。付き合っているあいだも、ときどき自身の虚無に飲み込まれて、お前が飢え渇きにあえぐ姿を見た。おれが、お前の人生の茫漠《ぼうばく》たるさびしさの砂漠を埋める存在ではなく、さびしさ自体を作り出す存在になれたらいいのに。

眼科で視力測定器を覗き込むと、一本道の遥《はる》か先に、虹色の気球が見えるだろ？　気球はぼやけたり、かすんだりしながらも、最後はきゅっと不自然なほど鮮明になる。お前の精神も、まるで一つの身体に収まっているのが不思議なほど、ぼやけたり、かすんだりしながらも、奇跡に近い健全さで焦点を結んでいる。今はな。遠くない将来、年齢が徐々にそのバランスを蝕み、化けの皮が剝がれて周りの人たちから見捨てられる。人は老いてもちっとも成長しない人間がこわい。無邪気な残酷さは、ただの物知らずへと評価が変わってゆく。皺のある顔が、茶目っ気のある子どもっぽい媚態《びたい》で迫ってきたとき、同じように老けてゆく己の姿をそこに見て怯《おび》えずに、堂々と受け止められる人間が何人いるだろう？

今日二人でホテルに泊まり、眠るお前のそばで、真夜中、浴衣の紐《ひも》を首にくくりつけ、クローゼットのハンガー掛けにぶら下がって死ぬつもりだった。

でもやっぱりできない。この手紙も、本当はベッドに置く勇気なんて無い。だから、持って帰る。何もなくても、おれのことを憶《おぼ》えていてほしい。

異常な喜びに包まれて、また美しい夢を見る。三十九度の熱でもうろうとして、口内は粘っこく、舌には苔《こけ》が生え、寝返っても寝苦しいインフルエンザの夜。掛け布団に押しつぶされ、割れそうに痛む頭を水枕に横たえて目をつむると、瞼《まぶた》の裏に広がる極彩色の夕焼け。それが君だ。笑顔も、退屈そうな表情も、本当に愛していた。お元気で。

履歴の無い女

携帯が便利なのは、調べたことや書き留めたことが手軽に履歴に残るところで、過去のメールでのやり取りや、保存しておいたインターネットのページを見ると、自分がなにをしていたかすぐ思い出せる。紙と違って保存しておいてもかさばらないし、ロックをかけておけば見られる心配も減るし、写真もわざわざ現像しなくても、携帯のなかの「アルバム機能」に収めれば、電車でも街でも眺められる。

きっと殺人犯罪なんかのアリバイも携帯一つで証明できて、浮気か否かもメールのやり取りが裁判の重要な証拠になるのだろう。だって携帯は電波も飛んで、居る場所も分かるし、手書き文字でないとはいえ、文面やスタンプで書き手の気持ちは十分に伝わるから。

興味のあるニュースばかり携帯からつなげたネットで拾い読みして、おいしい食事が出たら写真を撮り、友達や恋人に会っても撮って、お風呂から上がったらスッピンの自分も撮って、感情垂れ流しのメールを方々に送り、ときどきＳＮＳ

に日々考えたことについての文章やきれいに撮れた写真をアップする。読んだ本の感想さえ、おせっかいにも星の数をつけて評価するのだ。

こんな私が履歴の無い女だと名乗れば、〝携帯一つ没収したら、お前の現在過去の人となりがすぐに露見するというのに何を言ってるんだ〟と笑われるだろうか?

しかし私には履歴が無い。親も出生地も出身校も体重も偏差値も年収も税金も移り住んできた土地も異性の好みもファッションも性癖も仕事の出来も出世欲もばれているけれど、やっぱり私の根本の部分は履歴が無いままなのだ。

引っ越してすぐの、まだ前の部屋の荷物も届かない、冷たいフローリングとうす暗い天井照明しかない部屋で、まだ見慣れない壁にもたれて、携帯で会ったこともないまるきり他人の闘病記のブログをつぶさに読む。私はアヤ子と名乗る彼女の病がどう進行して、いつどのような治療を受け、いつ絶望し、また希望を持って奮起したかまで知ることができる。本人が逝去した後、親族が書いたブログの文面に涙する。また私は巨大なSNSを開き、子どものころ遊んだきりの友人の育児生活や、大学のころ好きだった男が趣味の釣りに興じている写真を見て、いいね!ボタンを押すことができる。さらにコンビニで買ってきた下世話な写真週刊誌を開き、いかくんをかじりながら、高校球児のときから知っているプロ野球選手のスキャンダルを知ることができる。

幾億の個人情報が氾濫していながら、本物の履歴を持った人間が、世界には何人いるだろうか？　死ぬまえに見る走馬灯、死の苦しみに染まった脳が描き出すごく個人的なエンドロールに、自分がこれが自分の履歴だと思っているできごとが、どれくらいの割合で映し出されるだろうか？　大事に取っておいた記念日の写真、強烈だった人物との出会い、忘れられないほど雄大な自然の景色。反対に忘れがたい強烈な負の面、惜しいところで負けた悔しさ、全然がんばれなかった果ての挫折、歪んだ性欲の暴走、ミスや邪悪な心が生んだ犯罪。

それらの印象的な思い出の数々が自分自身を形づくってきたと思っていたら、ある日海でおぼれてブクブクと沈みながら見た走馬灯には、携帯にもブログにも日記にも経歴にも犯罪歴にも記載されていない瞬間ばかりが映されていたりして。そんな真実に気づけるなら、私は走馬灯が見てみたい。死ぬのはこわいけど、その瞬間にあやふやなままの自分の履歴の側面を、垣間見れるかもしれないから。

最近苗字《みようじ》が変わって、苗字は良い変わり方も悪い変わり方もあるが、今回は良い変わり方で、私は喜んで新しい名前を名乗り始めた。不満も苦しみも屈辱もなんも無くて、まるで元から別の人間だったように違う名前を使って、過去の自分が纏《まと》っていた薄い皮がちょっとずつ剝がれて、新しく孵化《ふか》してゆく。気になるのは、その変わり身の速さだ。旧体制への未練の無さだ。いかにうれしいとはいえ、心の浮き立ちそのままに、後ろもふり返らずに違う人間になり、違う土地へ住み、違う生活に没頭してゆく。

名前は約十年前にも、変わったことがあって、それは騙《かた》りで、私は名乗りたい名前を勝手に名乗り出した。まるで他人ごとのようなふりをして、本も出した。あのときもなんら躊躇《ちゆうちよ》なく、別の人間になって、まるで生まれたときからこの名前だったのですという顔で活動した。

名前が変わった後も前も、私は同じ人間なのに、みれん、が無い。濡《ぬ》れた足で廊下を歩けば水が床に残り足跡がつくはずなのに、ふり返っても廊下はきれいなままだ。履歴をいちいち捨てるから、私には履歴が無い。

かと言ってお里が知れる、育ちが悪いといういちいち履歴で人を判断する言葉は、あまり好きではない。うんざりする響きがあって、なぜかと言えば、生まれたときから人間の運命は決定している、という風に聞こえるから。こんな言葉を使う人は、なにか分かっている風に見せかけて、なにも分かっていないと感じる。

お里や育ちで人が決まるなら、生きてきた重みはどこへゆくの？

「またこんな暗い部屋で、携帯見てる」

帰ってきた妹が玄関を開けて入ってきて、長時間座っているせいで腰の痛くなってきた、背中を丸め気味の私を見て、あきれた声で言った。ぼんやりと顔を上げると、買い物袋をぶら下げて部屋の入り口に立つ妹が、私を見下ろしている。黒いナイロン生地のコートが暗がりに溶け込み、男か女か分からない、知らない人に見えた。最近の妹は、髪が少し伸びただけですぐ切ってしまい、元のショートカットに戻る。

「明かりはちゃんと、つけてるじゃない」

「つけてても暗いよ、十ワットなんでしょこの電球」

そう。賃貸のこの部屋にあらかじめ取り付けられていた電球は、ぎりぎりで部屋全体を照らせる貧弱な光量の十ワットだった。はじめ、私と夫はこの部屋の暗さに気づかず、電力会社に電話して電気が供給されるとすっかり安心して、水道やガスの供給手続きへと移ったのだった。しかし引っ越しの手伝いで家から駆けつけてくれた妹だけが、この部屋の暗さに気づき、手元が見えないくらいだと騒ぐので、またおおげさなと私は初め笑っていたが、確かに夜になりカーテンを閉めると、本を読むのが困難なくらい薄暗かった。そこで夫が椅子を台にして大きく丸い電球を見るとワット数が十で、すぐに明るいものに取り換えようと話し合ったが、いまだに新しい代替品を買っていない。

「携帯の画面は発光してるから、どんなに暗くても見えるの」

「でも目に良くないよ」

妹がキッチンのカウンターに無造作に買い物のレジ袋を置くと、中のねぎが露出して、白い部分が新鮮そうに見えた。油揚げや豆腐、れんこんも見える。現実みのある、これから調理してもらう気概に満ちている食材に比べて、他人の履歴を覗いていた私の目は、なんて白くにごっていることだろう。鏡で確認していないが自分で分かる、出歯亀、野次馬、自分を置き去りにして人の動向にばかり気を取られている人は、生気のない、薄くきょろきょろした瞳をしているものだ。

「今日炊き込みご飯作ろうと思うんだけど、良い？　あとれんこんとさつまいもの天ぷらと豆腐とねぎの味噌汁《みそしる》」

「おいしそう！　実家っぽい、なつかしい献立だね」

「お姉ちゃんも手伝ってね」

「はいはい」

腰を浮かせて、これから作って食べる晩ご飯の味を思い浮かべて、心が浮き立った。夫の使っていたキッチン用具が、私のものより先に到着して、昨晩ようやく使い心地が良いと思われる場所へ収まった。手作りは昨晩から始まり、きのこの煮込みハンバーグ、サラダ、昼はオムレツ、コンソメスープと続いた。引っ越してすぐの、まだ皿も紙に包まれたままの状態で料理を始める必要は、私は無いのだと思うけれど、夫と妹と三人で新居の準備をしているうちに、盛り上がって自炊を始めてしまった。カーテンを取り付けて、床を拭き、お風呂の浴槽をみがいたあと、家で夕食を作って食べることはとても自然だった。

だから逆らう気も、苦痛も、みじんも感じなかったけれど、これも苗字の一件と同じで、あまりにも新しい環境へスムーズに、まるで当然のように移ってゆく自分のありかたが気になった。一人暮らしの、仕事を終えて自宅に帰ってくれば、作っておいたものであれ、買ってきたものであれ、自由に食べて、それが豪華でも質素でもあんまり気にせず、眠くなったらソファででも寝てしまう、猫のような気ままな暮らしを、もう思い出せなくなっていた。

夫と妹の笑顔が間近にあったときには平気だったが、束の間の一人の時間、携帯だけを無気力に眺めていると、以前の自分の行動の名残りが甦《よみがえ》ってきて、でもピントが合わなくて、なんとなく居心地が悪い。

妹がコンロのつまみを回す。チキチキと音がして、ボッと青い小さな火が輪になって灯《とも》る。同時に私の身体にも潑剌《はつらつ》さが甦り、また違和感を忘れてゆく。手を洗い、油揚げの袋を開けて中の揚げを取りだすと、親指と人差し指が想像以上に油でてかる。

「イトーヨーカドーって野菜が高くない？　ほかのものは安いのに」

妹が高いらしいれんこんを一度洗い、リズミカルに皮をむいてゆく。私が刻んだ油揚げとほぐしたマイタケ、しめじを炒《いた》めると、しょうゆときのこの香りが立ちのぼる。

「そうだっけ？　野菜は生鮮屋の方が安いのかな？」

「絶対そうだよ。地理的にはイトーヨーカドーの方が便利だけどね。お姉ちゃん、主婦になったんだから、特売とかタイムセールを駆使して節約しないと」

私は笑ったが、べつにおもしろいことを言われたわけではなく、ただすぐの未来、明日明後日の自分の姿について言われただけだと気づき、戦慄した。節約におびえたのではなく、いままで自分と遠いと思っていた、どこか別の世界の女たちと思って見ていた、夕方のスーパーで家族分の食料をそろえる彼女たちと、自分が同じことをするなんて。私はいままでスーパーに何度も行ったことがあるが、それは自分のためのご飯、大学の仲間たちと鍋の材料を買いに行ったときは場を盛り上げるためのご飯、恋人のために得意料理の材料を買いに行ったときは媚《こ》びるためのご飯だった。いままでとはまったく違う種類の買い物を、私はこれからずっと死ぬまで続けていくのだろうか。

「女の順応性ってすごいよね」

「ん？」

妹が包丁に力を込めて切り分けてゆくれんこんは、切ったというより砕かれたみたいに、ごろごろとした塊でまな板に転がっている。

「なんていうかさ、さっきまで独身だったくせに、結婚した途端、夫の職場の近くに買った家とかに住みだして、スーパーで片頬に手を当てながら〝今日のお夕飯どうしようかしら〟とか思案しだすわけでしょ。私もそれ、自然にできそうな気がするんだよね。まるで何年も前からこなしてた、当然のことのように」

「お姉ちゃん、きのこ焦げてる」

「これ、故意にちょっと焦がしてるのよ。ご飯に味がのりうつるのを期待して」

しょうゆの焦げ目のついたきのこ類と油揚げをお米の上に乗せ、出汁《だし》と調味料を混ぜ合わせて入れて、炊飯器の蓋を閉めてスイッチを押す。さあ、これからは炊飯器の仕事だ。中でどんなことをしているのか、具体的には分からないけど、炊飯器はだれの力も借りず、一度スイッチを入れたら最後まで、たった一人でやり遂げるから好きだ。

「引っ越しも買い出しも、料理も洗いものも他の家事も、むずかしいことじゃないんだから、するっとできて当然でしょ。お姉ちゃんは一人暮らししてたんだから、もう一人分増えるだけじゃない」

「うん。でも逆に、簡単にできすぎるせいかな、あんまりにもスムーズに変わってしまった自分に、罪悪感があるの。なじみすぎてるところに、なじめないというか。いままでの自分の生活に、プライドはないのか、と……。いや、プライドっていうのとは違うな、でもうまく言葉が見つからない」

「考えすぎだよ。お姉ちゃんは結婚生活始まったばかりだもん。すぐ慣れるよ」

二人立ってもぶつからずにお互いの作業ができるキッチンの広さはうれしい。妹が今度はさつまいもを斜めに平たく切ってゆく。むらさき色の皮と、少し肌色がかった、でも十分に白い断面が鮮やかな対比だ。

妹は一人でくすくす笑いだした。

「そっか、だから私が帰ってきたとき、あんな心細そうな顔をしてたんだ。マリッジブルーだね」

そんな簡単なものとは違うよ、と反論したかったけど、どう違うのかうまく説明できなそうで黙ってしまった。たしかに時期も憂鬱な気持ちも、マリッジブルーと一致している。どの花嫁も、こんな思いを抱えているのだろうか。

「なんてね。私もあるよ」

「マリッジブルーが？」

「ううん、違う。お姉ちゃんの言ってる気持ちが、ちょっと分かるの。たぶんマリッジブルーとは違う」

私はぼうっとした目つきで、妹を見つめた。妹がお嫁に行ったのは四年前、あのときも彼女の新築一戸建ての家のキッチンで、こんな風に並んで料理を作った。幸い実家のすぐそばに建った妹の家には私も楽に通えて、引っ越しのときは妹のドレッサーを、二人で階段から落っことしたりしそうになりながら、危なっかしく実家から新居に運んだ。あのときの恩返し、と言って今、妹が電車を乗り継いでこのうちまで来てくれて、泊まりで引っ越しを手伝ってくれている。

あのときの妹は、どんなだっただろうか。そうだ、とても楽しげだった。何年もずっと付き合ってきた今の夫と結婚して、結婚前の彼女となんら変わらず元気いっぱいで、夫にも文句をぽんぽん言っていた。夫と入籍前にマンションを借りて同棲《どうせい》していたときから、夫のしゃべり方や口ぐせが時折移っていたが、結婚してさらに顕著になった。テレビのお笑いタレントの司会者のような、しゃれてておもしろいけど世俗にまみれた間の取り方をするしゃべり方だったので、私は妹のずっと昔から変わらなかった、素朴なしゃべり方が恋しかった。そうだ、あのとき私は、自分も早く結婚したいと内心焦っていたんだっけ。奥さんになった妹が、あまりにも自然で、まぶしく見えたから。

「私の場合は、結婚してすぐは違和感を感じなかったけどね。亮平《りょうへい》とも付き合い長かったし、同棲生活の延長みたいな気がしてたし。でも、怜奈《れいな》が生まれて、あの子がウィルス性肺炎にかかったときあったでしょ。すぐに気づいて病院に連れて行ったけど熱が下がらなくてね、三十九度の熱が丸二日続いて、怜奈が入院した」

もちろん覚えている。一人娘の怜奈ちゃんが入院したとき、妹は忙しすぎて、私は状況を母から聞いていた。峠を越えたと聞いたときはほっとして、妹に簡単なメールを送った。妹から返信はなかった。それから何度か電話や実際に会って妹と話したが、怜奈ちゃんの肺炎のことは話題にのぼらず、怜奈ちゃんも元気そうだったので、もう済んだことなのだろうと新たに持ち出さなかった。しかし確かに、ちょっと不自然な話題の避け方ではあった。

「今だから言えるけど、あのとき怜奈は脳炎にかかるかもしれない、って医者に言われたの。高熱が出て、怜奈が苦しがって激しく動いていたせいね。いまからCTスキャンを取ります、結果は明日出るので今日はとりあえず着がえとか、入院に必要なものを持って来てください、って言われて、夕方病院を出たのね。脳炎ってね、恐ろしい病気で、脳に異常が出たり致死率も高いらしいの。お医者さんはそこまでは教えてくれなかったけど、病院の待合室で自分で調べちゃってね、泣いて泣いて立てないくらいになった。すぐ看護師さんが集まってきたけど、大丈夫です、って泣きながら病院を飛び出したの。私がこんな弱気でどうするんだ、つらいのは怜奈だ、私が看護師さんに頼ってどうする、と思って。

でも病院の外に出ても涙は止まらなくて、仕方なくすぐそばの広場に座って、持ってたハンカチタオルを座った太ももに置いてね、そこに突っ伏して短時間だけど大泣きしたの。不安で不安でしかたなかった。どうか重症化せずに治ってくれ、こんな思いをするくらいなら自分が病気になった方がずっとずっとましだ！

って心のなかで叫びながら、嗚咽《おえつ》を押し殺してた。普通なら泣いてる大人の女の人なんてめずらしいけど、病院の敷地内だと、そういう状況も妙になじむのよね。ほかの患者さんの、いたわるような視線を感じたわ。身内を亡くした人と思われたのかもしれない。

なんとか泣きやんで、亮平に電話を入れて電車で家のある駅まで帰った」

脳炎のこと、初めて聞いた。母も知らなかったんじゃないだろうか、てっきりただの肺炎だと思っていた。赤ちゃんの肺炎は、とても大変そうだとは思っていたが。

「つらかったんだね。そんなにがんばってたんだ。怜奈ちゃん元気になって、ほんとによかったね」

月並みな言葉しかかけられずもどかしかったが、思わず涙ぐんでしまった。それなら肺炎の話をしたくなかったのにも合点がいく。あまりにつらかったから、もう思い出したくなかったんだろう。無理もない、私もあの小さな怜奈ちゃんが、可愛い笑顔をみんなにふりまくあの子が、生死の縁をさまよったと思うだけで、ぞっとしてしまう。

「確かにつらかったね。でもまあ、いまは怜奈も健康なんだし、気楽に聞いててよ。

おいもとれんこんに天ぷら粉つけてくれる?」

「あ、ごめん」

自分の手が完全に止まっていることに気づいて、あわてて天ぷら粉を冷水で溶く。どろっとした天ぷら粉のなかで、さつまいもを裏返し表返し、塗装する。

「電車を降りると気がついたら駅前の薬局に入ってた。入院のために何が必要か考えたんだけど、まだ頭が混乱してて、なんでかハイシーレモンっていう炭酸レモン飲料の瓶を一つだけ買って店から出てきた。そんなもの、結婚してから一回も飲んだことなかったのに、無意識って恐ろしいよね、身体が覚えてて自動的に買ってた。結婚前の職場から家に帰ってくるとき、毎日同じ薬局で、レモン炭酸の瓶を買ってたんだ、私。疲れているとそれだけが楽しみっていうか、冬も夏も、実家まで歩く道のりの間に、レモン炭酸の瓶のふたを開けて、しゅわって音を聞いて、瓶の口から少しあふれる白い煙といっしょに、目の覚めるほどきつい炭酸と酸っぱいレモンの味を飲み干す瞬間が、大好きだったのね。ビタミンCが肌にもいい気がして、ほかのジュースを飲むよりも、健康に気遣ってると思えるのも良かった。

で、昔と同じように瓶を開けてね、しゅわっとやって、ごくごく飲んでいるうちに、昔の自分の感覚がどんどん甦ってきたの。二十四か二十五くらいの、毎日出勤して、夕飯はお母さんに作ってもらって、休みの日はジムや飲み会に出かけていた自分がね。なんだか元気になった気がした。歩くうちにね、勤めていたころ、いつも自分の今日の格好をチェックする、全身の映る鏡みたいになっているウィンドウのポイントにさしかかった。独身のときと同じように顔だけウィンドウのある左に向けてね、自分の全身を見たとたん、愕然《がくぜん》とした。歩くのをやめて、ウィンドウに正面に向き合って顔をじっくり見たの。泣いてたからしょうがないけど、ほんとひどい顔をしていた。目が腫れて髪もめちゃくちゃだし、家にいたままの格好で飛び出してきたせいで灰色のスウェットには、でっかいしみがあったしね。とにかく独身のころの私が見たら、卒倒しそうな身なりだった。

普通の母親なら、途中ではっと気づいて、そうだこんなことしてる場合じゃない、早く家に帰って入院の準備しなきゃ、って思うでしょう。でも私は自分の汚い格好をつくづく眺めたあと、〝自分は健康で良かったな〟とすごくはっきり思ったのよ。多分引かれると思うけど、自分は健康だという事実に対して感謝したの」

もう料理には集中できない。顔を上げて妹の顔を見ると無表情だった。

「昔の私は、もっと自分のことしか考えてなかった。結婚して怜奈が生まれて、当然のように愛して、いっしんに世話をして、でもあのときはその洗脳のような〝普通〟がするすると解かれてしまった。ウィンドウのなかの昔の私が生気をとり戻した瞳で語りかけてきたの。〝さっきは怜奈の代わりに私が病気になればいいとまで思いつめたけど、やっぱり自分が病気じゃなくて良かった。怜奈の病気はとても嫌だけど、やっぱり自分が高熱が出たり脳がおかしくなったり、生死の境をさまよったりするのが一番嫌だ〟って。とんでもない考えだよね。でも利己的な自分の声が、頭のなかであんまりはっきり聞こえるから、否定できなかった。いつの間にか妻として、母として、完全に演じきって演じていることとさえ忘れていたけど、私の昔からの部分はずっとこうなんだな、って思い知った」

「つらすぎるとき、思ってはいけないこととか、まるきり逆の悪い考えが同時に浮かぶときってあるよ。あれは本音じゃなくて、すごく動揺してるから、感情といっしょに思考も振り幅が広くなって、そのせいでありもしないことが思い浮かぶんだよ」

フォローしながらも、心のどこかで〝分かるな〟と思っていた。一つ屋根の下でいっしょに長く暮らしてきた間柄だから、妹のことは子どものころから二十代の途中までよく知っている。いまでこそサバサバした、明るい良いお母さんだけど、子どものころは活発すぎて友達もたくさん泣かしていたし、欲しいものは絶対欲しいタイプだったので、力ずくでも奪ってくるから私もよく泣かされた。そんなときの妹は、目元が険しく、瞳の黒い玉が小さくなって、ちりちりと震えていた。

　あんなにわがままだった彼女、肩まである茶色の髪の毛を、いつもくるくると巻いていた彼女、でも亮平さんと付き合いだして、ちょっとずつ穏やかになり笑顔も増えて、結婚してからは夫や娘や将来の心配ばかりしていた。あんまりにもすんなり妻になり、明るくて世話焼きの母になったから、内心私はすごく焦っていた。私の方が年上でも、妹の方がさきに成長してどんどん円熟してゆくから。でもかつてのあの激しさは、今でもなお妹の奥深くに残っているんだ。

「ひどい考えだったけど、その独身時代の感覚がちょっと戻ってきたおかげで、そのあとけっこう冷静になれたんだ。怜奈は怜奈、私は私って、病院に看病に戻っても、泣いたり慌てたりすることがなくなったの。娘と一体化しすぎていたから、うまく剝がれられて良かったのかも。でも自分の病気がひどくなったときに母親が剝がれてゆくなんて、娘からしたら恐怖かもね。ピンチのときこそ、一心同体になってよ、って。怜奈の高熱も段々下がって、肺炎が治るころには、うれしすぎて、家への帰り道で一瞬自分が変になったのなんて忘れて、またすぐ怜奈の世話に没頭しはじめた。でも最近また思い出すんだよね、あの感覚を。自分が健康なのは純粋にうれしいっていうあの感覚をね。娘とか妻とか母とか肩書きが変わっても、消せない本質って、多分だれでもあるよ。お姉ちゃんも、いまはぜんぶ見失っているように感じているかもしれないけど、嫌でも出てくるよ」

鍋の油は十分な温度になっていて、衣をまとったれんこんを菜箸で投入すると、勢いよく泡が出てきた。揚げ物って、どうにも華やかだ。音も、激しさも、花火みたい。五個をいっぺんに揚げながら、最近知った一つの絵画を思い出していた。ワイエスの描いた、「クリスティーナの世界」。そこに描かれた風景を、私は勝手に想像した。遠くに見える我が家も、そこを目指して、原っぱに横たわって這う足の不自由な女性も、彼女が家に向かって必死に伸ばした指の先も、風に吹かれて揺れる草の動きも、すべて知っていた。心象風景というのだろうか、あの絵のように女はみんな一度は、安住の場所である我が家から追放され、這いながらまた目指す。実際にはいつもと同じように家へ帰れて、家族が笑顔で迎えてくれたとしても、急に疎外感を感じ、私の居場所はここじゃない、いつか自分の居場所のある家庭を作りたい、と思う。そして再出発するのだが、でもそんなものは、どこを探しても見つからない。

あの気持ちを、家に向かって伸ばす手のせつなさを知っているからこそ、私も妹も自分の家から決して逃げ出さない。たとえ昔の自分の履歴がすべて無くなっても。無くならない、消せないと妹は言った。無くしたと思っても、実は履歴が自分と共にあるなら、私の影ぼうしは薄くならず、離れもせず、今日も明日も今までと変わらずについてきてくれるだろう。

まだテーブルが届いてないから、キッチンのカウンターに出来上がった料理の皿を並べて、簡易椅子を二つ持って来て夕食を食べた。揚げたばかりのれんこんとさつまいもの天ぷらはサクサクして熱く、素朴に塩だけつけて食べても、十分においしい。きのこの炊き込みご飯は先にフライパンできのこを炒める手間をかけた分、お焦げが香ばしい。豆腐とねぎの味噌汁で身体を温めながら、二人で息をつく暇もなく、次々と食べた。質素なメニューだったが妹と二人で作ると、いつもより濃く実家の味が再現されて、束の間自分の家庭も妹の家庭も忘れた。

「やっぱり天ぷらは塩で食べるのがおいしいよね」

「さつまいもがほくほくだね」

実家で天ぷらが出たときに何度となく父や母といっしょにくり返したフレーズを、無意識に私も妹もなぞっていて、なんだか知らないけど涙が出そうになった。妹はさっき話を打ち明けていたときとはまるで違う能天気な表情で、実家にいたころと変わらない、少し下品なほどのスピードでご飯をかっこんでいる。

「お姉ちゃんが一度裏切ったのを、私覚えてるよ。我が家は天ぷらは塩派だったのに、しょうゆで食べていた期間があった。お母さん、ちょっと不満げだったよ」

「反抗期だったからね。私はあのときはまだ、あの家庭しか知らなかったんだもの」

食べ終わり、まだなにも無い部屋にどんな家具を置こうかという話で盛り上がって、二人でインテリアのカタログを開いて眺めた。これはどう？　と黄色いシングルソファを指す妹の指先を見ていたら、ふいに言葉がこぼれた。

「臆病になっちゃいけないね。大切なものを守りながらも、いろんな景色が見たい」

妹がほほえむ。

「まあ、いっしょにがんばっていきましょうよ」

履歴の無い妹

近々結婚を控えて彼氏と一緒に住むことになった妹が、一人暮らしの部屋を引っ越し前に整理するというので、午後から手伝いに行った。

同棲はうれしいけど、住み慣れた巣を離れるのはなにより辛い、と妹は引っ越しに対して悲観的で、新居と入居日が決まってからようやく、渋々と荷造りを始めた。妹の部屋は1Kユニットバスの、典型的な都会の一人暮らし部屋だったが、内装は完全に妹好みに改造してあり、明るいライムグリーン色の壁や、アメリカンヴィンテージの食器のコレクション、家具はもちろん照明もシャンデリアのイミテーションのような、妹の好きなキッチュな雑貨店のような世界観が隅々まで行き渡っていて、執着するのもよく分かった。

「なんてモノの多い部屋。段ボール箱これだけで足りるの？」

昨日引っ越し屋が持ってきてくれたという、大小の段ボール箱が畳まれたまま、毛足の長い芝生色のラグの上に置いてある。

「足りなかったら、また追加の電話をするよ。お姉ちゃんは食器を緩衝材で包んで。おもちゃみたいに見えても高いアンティークのものもあるから、丁寧にお願いね」

妹と私はあんまりけんかしたことがなくて、妹は私に甘えるが本当は私よりもずいぶんしっかりとしている。私は私で、妹が何歳になっても当然のように頼ってくる態度に内心驚きながらも、ついつい世話を焼いてしまう。妹の結婚に関しても、自分はうまくいくと思っていた恋人と別れたところで、私の方が年上だし辛いところもあるのだけど、気が紛れるのもあって、妹の身辺整理や新生活の準備を手伝ってしまう。

「だめだ、思い出系は時間をくっちゃう。お姉ちゃん、今度はこっち手伝って」

キッチンで食器をプチプチで包んでいると、押し入れの整理をしていた妹から助けを求められた。部屋へいくと、大量のアルバムや写真の山にまみれて、妹が情けない顔で座り込んでいる。どこにしまっていたのかというくらい、すごい写真の量だ。

「写真って、見直しながら選別してると、いつまでたっても整理できない。お姉ちゃん、第三者の冷たい視線で、写真をどんどん選んでいって。大したことない写真や、似たようなのが何枚もある場合は容赦なく捨てて」

「大切な写真を間違って捨てたらどうするの。本人でもないのに、どれが思い出が深いかなんて分からないじゃない」

「本人だってどれが大切かなんて分からないよ。客観的な視点で見てくれればいいし、あとで文句は言わないから」

「そう言われたって……。じゃあとにかく似たような写真は一枚だけ残して捨てるようにするよ」

私が妹の立場だったら、いくら身内でも写真は見られたくない、こっそり処分するけどなぁと思いながら、一応撮った順に並んでいるらしい写真の山を、一枚一枚見ていった。

なんだ、どれも同じような写真ばっかりだ。これなら誰に見られても平気だろう。ちょうど高校生のときの写真で、教室で五人ほどで並んで撮ったのが何枚も、何枚もある。ポーズが違ったり、写ってる人が微妙に違ったり、間違い探しみたいな写真が何枚も続いた。

「なんでこんなにたくさんプリントしたの？　ふつう携帯で撮って、メンバーと共有したりして終わりじゃない？」

「なに言ってるのお姉ちゃん。そんなのつい最近でしょ。私が高校生のころはデジカメで何枚も撮って、全部プリントしてみんなで分け合うのが流行《はや》ってたの。それか、プリクラとか」

手を身体の前に突きだしたり、ピースを顎にかぶせたりするポーズは確かに懐かしさを感じさせた。妹が二十七歳になった今でも、私のなかの彼女はこれくらいの年のころで止まっている。自分の年が進んだことよりも、いつまでも幼いと思っていた妹が大人になったことの方が信じられない。

学園祭、友達とのパジャマパーティ、彼氏とのデートの写真と、少しずつ妹の年齢は進むが、似たような写真はほんとに多く、躊躇なく捨てられた。特ににきび面の高校生彼氏との写真は無意味な自撮りが多く、イライラしながら捨てていたら、「あ、男とツーショで写ってるのは全部捨てていいから」と選《え》り分けておいたのも全部、ごみ袋に放り込んでしまった。

「あんた、大学生のときなにがあったわけ」

大学入学から少ししてからの妹の格好を見て、笑いが止まらなくなった。いままでちょっとギャル風味だった容姿が一変、髪をばっさり切って原色の派手な服を着た、原宿系に変貌している。

「そんときの彼氏の影響だよ。カップルで同じようなテイストのファッションで揃《そろ》えるのにはまってたから」

大学のときの妹はもちろん知っているが、当時も〝なんかいきなりファッションの方向性が変わったな〟とは思ったけど、ここまで劇的な変化だとは思わなかった。それに当時妹は確か、自分の好みが変わっただけだと言い張ってなかったっけ。男の子の影響だったなんて、いま初めて聞いた。

ファッションの変わった妹は、写真で取るポーズも変わっていて、楳図《うめず》かずおのまことちゃん風というか、幼稚園の男児がおどけて取るようなポーズで舌をだし、友達と写っている。

「影響されたっていう彼氏の写真はないの？」

「一枚もないよ。たくさん撮ったけど、別れたとき全部捨てたから」

それまでの写真とはまったく雰囲気の違う写真にぶち当たり、思わず手が止まった。

はだか。

薄暗い部屋のなか、ベッドの上に二人の女が全裸で寝そべっている。よくあるタイプの写真かもしれないが、女のうち一人が妹だった。温泉に入ったときなんかに妹の裸は見るが、こんなにばっちりと見たのは初めてだ。ベッドの左側に寝そべっている女が妹で、髪の短さから大学生のときに撮った写真だと分かる。自撮りではなく誰かがベッドから少し離れた場所で二人の足元から撮っている。ふざけたポーズを決めていままでの写真とはまるで違い、全然作ってない、むしろさらけ出しすぎなほどの生々しい表情で写っている。五枚あるうちどれもアングルとポーズが違い、表情、ポーズのやや硬い最初の写真から枚数が進むごとに時間も進んで、次第に自由にのびのびとしていく。とはいっても変化があるのは妹の方だけだ。もう一人のやせ形で、妹より背の高い美人は、前髪と顎までの髪を切り揃えたクレオパトラみたいなボブカットで、ずっとリラックスしている。撮られ慣れた雰囲気がある。右の彼女の方がスタイリッシュでフォトジェニックなのに、被写体のメインは明らかに、落ち着きなく身体を動かし続けている妹の方だ。カーテンを引いた部屋は薄暗く、色彩は色みを抑えてぼんやりしているが、輪郭はくっきりとして、とくに裸体は浮き上がるように白い。簡素なセミダブルくらいの大きさのベッドに寝そべる妹は、一枚目こそぎこちなく全身に力を入れて、股間を隠すように片脚を折り曲げて写っているが、二枚目では脚も開放してくつろいで笑っていて、三枚目では寝転がった瞬間を撮られてお尻がぶれて写っていて、四枚目では半身を起こしてベッド枠に寄りかかり、カメラマンと微笑みながら話をしている。五枚目では弛緩《しかん》した大の字で寝転び、暑そうなだるそうな表情で、視線だけカメラに向けていた。

一貫しているのは裸をまったく恥じていないところ、欲望を誘わない、煽《あお》らないところ、芸術性があまり感じられないのに、目を引き付けてやまないところ。背が低くて乳房が豊かでなくて太ももが妙に長いアンバランスな体形をしているのに、動きが豊かでどこか魅力的。隣の女性は終始横向きで寝そべって、きれいな形の乳房を腕を折り曲げた間からちょっと見せたり、長い脚をシーツに泳がせたり、挑戦的だがどこか媚《こび》を含んだ視線をカメラに投げかけていて、十分に色っぽいはずなのに、妹の隣だと、やせっぽちの木の背景みたいだった。

「あったあった。それを一番捨てたかったの、貸して」

妹は私に見られたことを別段恥ずかしがりもせず、返せと手を伸ばしてきたが、私は渡さなかった。

「捨てるの？　プロに撮ってもらった写真みたいだけど」

「全然プロじゃないよ。ただのカメラ好きの元カレが撮った写真」

「その元カレって、別れたときに、一緒に写ってた写真を全部捨てた相手？」

「そう。隣に写ってるこの女の子も、全然親しい子じゃなくて、いまでは名前も思い出せないくらい。元カレと行った、なんか年上のお金持ちのホームパーティでこの子と意気投合して、寝室でこっそり撮ったの。他人のベッドで、悪ふざけだった。でも確かによく撮れてるから、いままで捨てられなかった。でもこの機会に捨てる」

「そう？　ちょっともったいないんじゃない。若いころの裸の写真はあった方がいいよ。自分の良い記念になる」

キメ顔の写真、友達との写真、服を着た写真は数あれど、二十代の裸体の写真を残しておかなかったのを、私は少し後悔していた。これから食べるご飯であろうが、事故現場であろうが、なんでも撮って保存する世代に生まれたくせに、一番身近な自分の裸だけは、日々変化するのに一枚も撮ってない。いや、撮ったことはあった。でももともとのスタイルが悪いからかもしれないが、どうやっても綺麗《きれい》に撮れず、腹のたるみや顔の陰影、陰毛の禁忌感が気になり、なにより画像全体から漂うグロテスクでナルシスティックな雰囲気に辟易《へきえき》して、全部消去してしまった。いや、一気にすべて消したのではなく、比較的よく撮れたのを一枚だけ携帯のなかに保存しておいた。でもなにかのはずみに誰かに携帯の画像を見られたり、操作ミスで自分から添付して外にもらしてしまったりしたらと、気が気じゃなくなって、やっぱり何ヶ月かあとに消去した。

「ブサイクに撮れてるなら捨てたいと思うだろうけど、これはなんだか嫌な感じを受けないし、なんだか芸術的に撮れてるし、青春の名残りとして取っておいてもいいんじゃない？」

「私もそう思っていままで捨てられなかったの。これ撮ってくれた彼、美術系の専門学校行ってて、カメラとは関係ないポスターやロゴの勉強してたんだけど、趣味で写真もよく撮ってたの。作品を見せてもらったこともあったけどあんまり上手くなくてね、でもベッドの上のこれはよく撮れてた。本人も自信があるみたいで、撮ったデータを欲しいってしつこく何回も言ってきたけど、結局一枚も渡さなかった。どこかに応募されたりしたら大変だしね。私の携帯で撮ってもらってよかったよ」

「じゃあ残しておきなさいよ。七十歳ごろになってから、自分の若いころの裸をしみじみふり返るのも悪くないかもよ」

「でもそれまでに亮平に見つかったらアウトじゃない」

妹は婚約者の名前を出して顔を曇らせた。

「絶対誰に撮らせたのって話になって、揉《も》めるに決まってる。女友達同士でふざけて撮っただけ〜、とか言ってうまくごまかせる自信ないし。裸の写真を気軽に撮らせる女だとも思われたくない」

確かにこの写真は女同士で撮ったとは思えない。生々しいエロの雰囲気は漂ってないにしても、どこか真剣すぎる男性の視線を隠しきれてない写真だ。無駄なズームなどは無いにしても、微妙に撮る角度を変えて、二人の女の裸体をすべて余すところなく撮りつくそうという気迫に満ちている。また妹の裸体への粘っこい視線も感じる。撮り手と被写体の妹の濃密なつながりを、妹の折り曲げた脚の自由な角度や、カメラレンズを眺める遠慮のない弛緩した眼差《まなざ》しからも感じる。隣の女性がただ撮られているだけで、あまり関心がなさそうな作り笑顔を浮かべている分、なおさら。

「あとこの写真、いわくつきだからできるだけ早く捨ててしまいたいっていうのもある」

「なあに、こわい。この写真を撮ったカレが亡くなったとか?」

妹は下を向いてくすくすと笑った。

「ううん、そこまでじゃないよ。この写真が別れるきっかけになったってだけ。

さっきも言ったけど、元カレはこの写真にやたら執着してたの。おれの代表作だとまで言ってね、データをくれない私に怒ってた。でも仲直りして月日が経ってほとぼりが冷めて、前と変わらない仲良しの日々に戻った。でもある日私が、ひさしぶりにがんがん飲もうよ、って彼を誘って彼の一人暮らしの部屋へ、夜、大量のお酒を持って乗り込んだ。秋の肌寒い日で、付き合って二年半くらい経ってた。飲み進めていくうちにね、またこの写真の話になった。まあそのときは私が話を振ったんだけどね。〝あのときは変な気持ちになったなぁ〟って彼が懐かしそうに言うんだよ。変な気持ちって、ムラムラして襲いたくなった、ってこと？　って訊くと、〝もちろんそれもあったけど、もっと二人の剝《む》き身の中身を見たくなったんだ〟って。〝身体の真ん中を臍《へそ》のあたりから縦に切り裂いて、血も内臓も全部さらけ出して散らばしたくなった。この女二人、腹のなかに何を隠してやがるんだって、暴きたくなった〟って、ちょっと違うかもしれないけど、こんなことを熱っぽく話してた。いまでも覚えてるけど、ご丁寧に私の身体を真ん中から両手で引き裂くジェスチャーつきで」

「気持ち悪い男」

「私はそう思わなかったの。むしろ彼からの異様な形の愛情表現にうっとりしてた。力を込めれば、ほんとに私なんて軽々と割り裂いてしまいそうな、獰猛《どうもう》そうな彼の十本の指を見て、甘く痺《しび》れた、っていうか。

「でもしばらくしてから私から別れた」

「え、なんで？」

「あいつが写真の被写体のもう一人と寝てた証拠を私が摑《つか》んだから」

妹は写真のボブカットの女性を人差し指の爪で軽く叩いた。

「この写真を撮ったのがきっかけで、元カレがあの手この手でこの子の連絡先を手に入れて、肉体関係に持ち込んだって、この子本人から直接聞いた。写真を撮った日以来、会うどころか連絡も取り合ってなくて、偶然再会できたから運良く、というか運悪く聞けたんだけどね。この女の子ちょっと変わってて、私の元カレとの関係を、こっちがショックを受けてる反応を横目で確認しつつ、明るく軽快に、なんでもかんでもぺらぺらしゃべってくれたの。正直遊びまくってた女の子らしくてね、日常茶飯事って感じで笑いながら話してくれた。〝私たちの関係なんて、遊びだから浮気だとかいって大騒ぎする必要なんか無いよ。回数もあんまり多くないし〟だって」

妹は相手の女性の口調をモノマネしながら軽く話していたが、私は黙ってうなずきながらも妹が意外なほどハードな恋愛をしてきた事実にちょっとショックを隠せなかった。妹が大学生のころと言うと、アメコミ調のファッションにはまっていて、スポンジ・ボブが中央にいる真っ赤なTシャツや、熊のぬいぐるみのような生地でできたリュックなんかを背負っていて、年よりもだいぶ幼く見えたから、私もたぶん両親も、ボーイフレンドはいるにしても、もっと幼稚な付き合いをしていると思っていた。

彼女より三歳も年上だった私は、当時は彼氏さえいなかった。

「元カレはその女の子のまえではずいぶん自由にふるまってたみたいで〝おれとお前とカノジョ〟、私のことね、〝の三人でどうにかして一緒にセックスできないかなぁ〟なんて話までしてたらしいの。さすがにそんなシュミは無いって相手の女の子に断られても、あきらめきれずに悔しがってたんだって。私とはそのときまだ別れてなかったのに。もし女の子から承諾が取れたら、私にも打診するつもりだったのかなと思うと、すごく腹が立った」

「ありゃりゃ。変な写真撮ったせいで、変な欲望が湧いたんだね」

「うん、単純な頭の男なの。私には引き裂いて腸《はらわた》まで見たいなんて、芸術家っぽいこと言ってたくせに、ほんとの頭のなかは三文エロ小説みたいに単純だった。

でもこの写真を撮るまでは、私たちほんとに仲が良かったんだよ。お互い浮気なんて考えられない。幼稚な想《おも》いだったかもしれないけど、近いうちにいっしょに住んでそのまま結婚しようって話までしてた。真剣な付き合いだった」

　二人の仲が良かったのは、元カレに写真に撮られた妹の笑顔からも分かる。相手を信用しきった純度の高い笑顔だ。

「それにこの写真ってさ、うぬぼれかもしれないけど、写真撮ってる彼は私ばかり見てるよね。ピントといい、シャッターをきった瞬間といい、どれも私の動きに合わせてるでしょ。たしかに二人の女が写ってる写真だけど、あいつにとっては初めて見る分刺激的なはずの隣の子の裸じゃなくて、見慣れたはずの私の裸ばかり撮ってる。この写真を初めて見たとき正直嬉《うれ》しかったんだよ、あいつの愛情を感じて。だからコンビニのコピー機でプリントまでして手元に残したのに」

　当時を思い出した妹はわずかに眉をひそめた。

「なのになんで三人でしたいなんて発想になるんだよ、結局男なんてそんなもんかよ、って別れてしばらくしてから腹が立って、この写真に鋏《はさみ》を入れて、私とこの女を切り離そうとしたの。でも試しに切る前に、もう一人の女を手で隠してみたんだ。そしたら、この写真にはなんの魅力もなくなっちゃったんだよ。ほら」

　妹が手で右側の女性を隠すと、左の妹は本当にたちまち色を失った。なんの魅力もなく、ただベッドにだらしなく横たわる女だ。太っているわけでもないのに、妙にたるんでいる腹ばかりに目がいく。笑顔が野放図すぎて、歯を見せすぎているのが気になる。ただの裸をさらけ出して身をくねっている、エロ本に出てくる黒い目線の入った素人の娘みたい。ただの背景みたいに見えたもう一人の女の裸身が、写真の大切な、繊細な部分を支えていたのだ。

「不思議だよね、写真って。写真っていうか、女の魅力って不思議、ってことなのかもしれない。くやしいけど元カレの気持ちが分かったっていうか、あいつが普段見てた私の身体って、この単体で写ってる場合のバージョンなのかなと思うと、ちょっとぞっとして。この写真を通して、隣の女の子の裸と合わせて初めて、私の裸が魅力的に見えたのかなって。

　大げさかもしれないけど、当時は浮気する男の心理まで分かった気がした。分かりたくもなかったけど。きっと男の裸が二つ並んでたとしても、ここまで劇的な効果は無いよね。タイプの違う女だからこそ、魅力が反発し合ってケンカし合いながらも、同時に補い合って、男をくらくらさせるんだ」

　妹はいきなり恥ずかしそうな表情を浮かべたかと思うと、私の手からさっと写真を取り上げ、ぺらぺらと揺らしてみせた。

「ね、苦い思いのつまってる写真なわけよ。亮平に見られる前に、処分処分。あの男のあと、すぐ亮平に出会えてほんとに良かった。ラッキーだったわ、私」

「でもやっぱりもったいないんじゃない。一枚だけ、最後の写真だけでも残しておいたら？

　写真なんて、たいがいピースしたり無理しておどけた笑顔を作ったり、そんな嘘《うそ》っぱちのものばかりじゃない。プロが撮ったものさえ、モデルが気負ってたり、人工的すぎたりして、心に訴えてくるものは少ないよ。私は写真のことはよく分からないけど、その写真は〝本物〟だと思う。あんただけじゃなくて、隣の女の人も撮っている元カレも、嘘がない。おふざけで撮ったとしても、貴重な生《なま》の瞬間が写ってると思うよ。嫌な思い出がつまってるのはよく分かるけど、結婚すれば記憶もどんどん薄れてゆくって。あんたが持っておけないなら、私が保管しておいてあげようか」

　妹から笑顔が消え、表情に影がさした。

「やっぱりこの写真はおかしいよ。人を変にする。なんでそんなに必死になるの」

「べつに必死になんてなってないよ？　もったいないってだけで」

「お姉ちゃん、データを渡せって言ってきた元カレに、今そっくりだった。〝本物の〟〝生の〟写真なんて、私はいらない。嘘っぱちでもいいから、笑顔でピースしてる写真さえあればいい。人生で残しておく思い出は、安心で、たいくつな方がいい」

妹は写真を五枚とも、手で細かくびりびりに破いた。

怒りの漂白剤

心が揺れていると身体が疲れる。ただ座っているだけでも、感情がぶれて緊張していたり、気を遣いすぎたりしていると、頭を実際に右へ左へと常時シェイクしているのと同じくらい疲れる。結局は自分のことしか考えていないのに、人の顔色を気にしすぎて気を揉んで早数十年、あちこち考えすぎて暗い思いを溜め込んできた。布団から一歩も出ていないのに、身体がぐったりして動けないなんてザラだ。生きていれば苦労はある。災難は避けがたいし、日本で生きているのだから他の人間もたくさん住んでいて、衝突もあるだろうし、自分や大切な存在が生命の危機に陥ることもあるだろう。しかし平常時にまで心が揺れている今の状況は、まずい。やれＰＭＳだの低気圧だのダイエット中だのあいつが気に障《さわ》るだの、不機嫌の原因を探り出してはため息ついたりして、うっとうしいことこの上ない。

あげく症状が進むと、自分の不幸は他人の責任とばかりに、深刻そうに相談したり、ひねくれた態度を取り、〝察してオーラ〟を放って雰囲気を悪くしたりする。ねえ相談してもいい？　聞いてくれるだけで良いから。頼んでいる方はささやかな願いのつもりで、特に親しい間柄なら聞いてくれて当たり前だと思っているが、何度も何度も相談ごとが続くと、聞く側はストレスの副流煙を常に受動喫煙させられているようなもので、お金をもらってもやりたくないほど憂鬱な作業となるだろう。

過去の自分の行為に反省が多い。周りの人たち、すまなかった。自分の怒りっぽさに疲れきったという異例の事態を今回迎えて、何か打開策が無いか考えてみることにした。書店へ行けばいくらでも関連の本が見つかりそうだ。難しい精神分析の専門書を読まなくても、ベストセラーの生き方ハウツー本を買えば〝怒りを消すためには、まず自分を客観的に見つめ直して――〟と昔ながらの心理学を現代人のためにアレンジした方法を、一から十まで懇切丁寧に教えてくれるだろう。

でも本を読んで、中身を丸暗記して実践するつもりはない。なぜなら〝怒りと別れたい〟という思いは本に影響されて出てきたわけでなく、今になってようやく心底からあふれ出てきた自然な思いだからだ。自分なりの方法で果てしなく遠いゴールを目指したい。

怒りを鎮《しず》めるためには、まずは甘い食べ物だ。きび砂糖を混ぜた熱いコーヒーを飲みつつ、チョコのコーティングで艶のある縦長のオペラを、ケーキフォークで少しずつ切りくずしながら食べる。昂《たか》ぶった脳はスイーツの甘さでまったりと落ち着いたが、食べすぎは健康にあまりよろしくない上に一瞬感情をまひさせるだけの質の悪い応急処置だと分かってきた。第一美味しい甘味なら笑顔で食べたい。憤怒《ふんぬ》の形相で生クリームやいちごをデコレーションした可愛い食べ物を口に運んでいる姿は、自分でも引く。

では健康的なストレス解消を目指して、いままで本格的に取り組んだ経験のなかったスポーツをやって、爽やかな汗を流そう。初心者でも取り組みやすいウォーキングから始めよう。空気の冷たい秋の朝に、深呼吸を意識しながら歩幅を大きく広げてゆっくり歩いた。

気持ち良い、かな？　うん、リラックスできて楽しい。いや、嘘だ。上手に無心になれないせいで、地獄の門をくぐった。てくてく歩いている間、考える時間がたっぷりあるから、日頃の嫌なことを全部思い出して、どんなに周りの景色が綺麗でも目に入らないほどタップリと、脳内の世界に浸ってしまう。てくてくがトボトボになり、ついに立ち止まってしゃがんでため息をつく。ウォーキングがこんなにも自分と向き合う作業になるとは思ってもみなかった。予定していたコースを半分で折り返して家にたどり着き、お気に入りのソファに飛び込んで、現実逃避にスマホを二時間でも三時間でもいじり続ける。

ならば走ってみてはどうかとジョギングをしたら、初めは爽快だけど息が切れてくると〝なんでこんな苦しい思いしなきゃいけないんだ〟とむかついてきて、血が上って熱い頭や冷たい指先やどんどん鈍《のろ》くなってゆく脚に腹が立った。やはり身体よりも心の苛《いら》立《だ》ちの方が私にはキツい。苦しすぎてもうどうにでもなれ、破れて剝がれながらヘロヘロに走る快感のランナーズハイにたどり着くまでは、顔は歪み頭の中は不平ばかりで、ちっとも爽やかではない。世の中のジョガーはランナーズハイにたどり着くまで、毎回このような苦行をくぐり抜けているのだろうか。

いままでも散歩やジョギングをしたことはあったが、心の浄化に注目してやってみたのは今回が初めてで、あんまりにも重いものを引きずって走っている感覚に、ものすごく疲れもしたが、気づけたこともあった。

私の場合、他のどんなマイナスな感情も根っこでは怒りにつながっている。疲れた、もうやめたい、体力の無さすぎる自分が嫌だ、そういえば心配ごとがまだ解決してない、どうしよう、ハアー。散歩やジョギングをしているとき頭を駆け巡る感情は、一般的にはストレスと呼ばれる、心に乗っかっている重圧で、対象に攻撃的な気持ちが向かう怒りとは別物のはずだ。ストレスはパワーを吸い取られる現代人の悩みの種、怒りは腹が立つ分パワーもわいてくる暴力的な衝動。色で分けるならストレスは青、怒りは赤。と考えていたが、ストレスを感じている最中の心をつぶさに観察してみると、心に広がる青は根元の濃い赤から発生している。ストレスの対象への怒り、自分への怒り。遺憾だ、残念だ、プレッシャーを感じて気が重い。これらの感情を抱えているとき、自分はしょんぼりしていると思っていたが、心の底では苦境にある自分に〝なんで私がこんな目に〟とほんのり怒っているのだった。ただ悩んでいるだけでなく怒っているから、散歩やジョギングが必要以上に疲れる。

いままで別々の名前で呼んでいたマイナスの感情は、どれも怒りを微妙に含んでいるのだ。困ったぞ、範囲が広がった。怒らない人になるためには、ただ怒りだけ締め出すのではなく、すべてのマイナスの感情をできるだけ避けなければいけない。

怒りを上手く発散させるためにスポーツジムのプログラムにあった格闘技ダンスなる教室に参加してきた。音楽に合わせて「ハッ」と叫びながらパンチやキックをくり出していると、いままでに感じたことのない、身体を通して怒りのエネルギーが外へ放出される感覚を味わった。

大人になってけんかして殴り合いになったら普通に逮捕されるから、みんなスポーツや格闘技の試合で、行き場のないエネルギーをぶつけているのか。もちろんそれだけが動機ではないだろうけれど、長年なぜ行われているのか意味さえ分からなかったスポーツが、ようやく自分の身体に効能の実感を伴って入ってきたのがうれしかった。走ったりするよりは、私に向いているようだ。

そもそも私は何に対して怒っているのか。大抵はくだらないことだ。自分が被害者と呼べるほどの重大な苦しみを被っている場合は、かえって〝怒ってる場合じゃない〟と頭が冷静に働くから、引きずらず問題の解決も早い、もしくは潔く諦められる。卑小な小競り合いの方がしつこく頭に残って離れない。あんなこと言われた、こんなことされた、こう言い返せば良かった、あっちがこっちを嫌いなら、こっちは大嫌いだ。一人で脳内けんかをくり広げて、飛び交う罵り言葉に再度腹を立てている。寝る寸前までそうなのだから当然夢でも怒っていて、自分の怒鳴り声で目が覚めたことも一度や二度ではない。まさに業《ごう》とでも言うべき怒りの深さ、くだらなさは長年私の睡眠を妨げてきた。つまらない怒り第一位といえば、街でのちょっとした接触だ。道を通行しているときに反対から来る人とかち合う、いわゆる〝お見合い〟状態になったときに、相手にすれ違い様に舌打ちでもされようものなら、私は頭にカッと血が上って、虎並みに飛びかかり相手の顔をバリバリ引《ひ》っ掻《か》いてやりたいほどの怒り、いや殺意を抱えて、でも実際にはなにもせずに顔を真っ赤に膨らませて道を歩く。そっちだって邪魔だった！　という理不尽な思いもあるが、たとえば改札機で私がカードを出すのを遅れてもたもたしているときに舌打ちされても、前者ほどではないが頭に血は上るので、それほど大きな原因ではない。腹の立つ二大原因は、〝私なら舌打ちなんか他人にしたりしない〟と〝結局私が弱そうでおどおどしてるから、舌打ちしても仕返しされないと思っているのだろう〟だ。私なら、どんなに腹が立っても、通りすがりの人に失礼な真似《まね》はしない。そして舌打ちをしたり嫌味を言う人は、たとえば混んでいる電車で、見るからにヤクザの人が優先席に股を広げて席を二人分占領していても、慎み深く目を伏せているに違いない。人を見ているな、舐《な》められているな、と思ったときにあり得ないほどの怒りが発生する。私のように、見た目は普通に見えても怒りの沸点の低い人間も世の中にはたくさんいるわけだから、私はなにも善人になりたいわけじゃない。本当に性格の良い人になりたいと思って怒りを消したいわけでなく、ただ気持ちがラクになり、それで身体もラクになり、ついでに周りの人たちもあんまり怒らせたくないのだ。

常に慈愛の心を持て、右頬を殴られたら左頬を差し出せ、サウイフモノニワタシハナリタイ。究極の理想だと思うし、私だってサウイフモノニナリタイが、やはり今ではあんまりゴールが遠すぎて無理だと感じる。もしかしたら九十歳ぐらいになれば経験値がＭＡＸなのと疲れが相まって近づけるかも。そのためには長生きするためにまず怒りを消さないと……とまた戻ってくるわけだ。相手に対して迷惑だからやめてほしいと思うのも、突き詰めれば怒りだった。いや私は怒ってるわけじゃない、マナー違反の人は直すべきだと思っているだけで、いちいち怒ってなんかいない、至って冷静だ。といままでは思ってきたけど、理論武装を剝がしたら、相手をずるいと思って反射的にむかついている根っこが露呈した。初めのムカッを最小限に抑えれば、非常識な人のせいで自分が迷惑しているという被害者の気持ちもほとんど治まる、というか無くなる。「いろんな人がいるなぁ」で済む。最近あまり言われなくなったが一時期メディアによく取り上げられていた「キレる若者」はいまでもたくさん生息しているはずだ。本当にヤバい人に無闇にけんかを売らないためにも、見ず知らずの相手には慎重になるのが賢明だ。問題が理不尽であればあるほど、怒りとは違う方法で解決しなければならない。

　腹が立つと身体が熱くなって鼻息が荒くなり、肩をそびやかして目も吊《つ》り上がる。ちっとも美しくない上、怒っている人間のいかにもわがままそうなオーラが、より周りから人を遠ざける。公的な場面で微笑んでいる人はいても、あからさまな激昂《げっこう》や怒りの表情を見せる人がいないのは、他人に怒りをぶつけるのは幼稚っぽく常識はずれの行為だと、世の中の人たちが知っているからだ。

〝公的な場所では怒ったりなんかしないよ、でも親しい間柄では素直に怒りを表現し合うのも、分かり合うための大切なコミュニケーションでしょ？　腹のなかに不満を溜めながらお互いに良い顔をしたって、人間関係上手くいかないよ〟という考え方もある。これは正しい。正しいが限度があって、たとえば怒鳴り合うほどのけんかを何回も繰り返してしまうと、長く一緒に居る分、似た出来事が起きるたびにスイッチが入って、いつの間にかけんかばかり、いつでも臨戦態勢の険悪な人間関係が出来上がってしまう。親しい人と一緒にいるときほど安らかでいたいのが人間ではないだろうか？　怒りもコミュニケーションツールの一つ、というのも間違いではないだろうが、劇薬でもある。言いたいことを言い合ってケロッと忘れる、そのときだけなら上手くできる人もあろうが、時を経て同じシチュエーションになったとき、果たして〝前はあんなこと言われた、また繰り返しやがった、ムカー〟といつもより倍増して怒らない自信のある人はどれほどいるだろうか。言いたいことを言う、もしくは実力行使とは違う解決方法を見つける必要があるのに、激情にだけ駆られていてはいけない。

　自分も意識してなくて言ってしまった失礼な一言を、他人は笑って許してくれているはずなのに、私だけがいつまでも怒っているのは執念深すぎる。怒るよりむしろ先に反省をするべきだ、と自身を戒めるも正論がまったく効力を発しない。頭では分かっているけどさ、感情は別だ、と感情のなかでも野性にだいぶ近いタイプの怒りは暴走し続ける。

　ストレス解消とはよく言うが、ストレスは本当に解消される種類の、引いても薬を飲んで休めば治る風邪と同じ種類の負荷なのだろうか。乳房を支えているコラーゲン繊維の束であるクーパー靭帯《じんたい》は一度切れると元に戻らないというが、実はストレスはこちらと同類で、見えない所でぷつぷつ切れてるのが降り積もっていて、ケーキを食べて復活したように思うのは心の表面だけで、本当は限界までのカウントダウンがゆっくりと行われているのではないか？　怒ってしまってからの対症療法はどれも焼石に水だ。となれば、そもそも怒らないようにするしかない。

些細《ささい》な出来事に腹を立てないようにしよう、平常心を保ち続けよう、穏やかな広い心を持とう。生きていくなかで何万回と聞いてきた言葉を自分に言い聞かせてみたが、それができりゃ苦労しないよ、と思うばかりで、難しいなぁと心が折れそうになるときもしばしば。

怒りの漂白剤が売っていればいいのに。衣類の香りづけビーズみたいな形状をしていて、きらめくパール色の粒々をざらざらと注ぐと、染色の廃水を流したあとの細い川のように、色んな色が混じり合ってどす黒く汚れている心が、たちまち透明な美しい水に生まれ変わる。脱臭され粘つきも取れる。そんな怒りの漂白剤が欲しかったけど、注げば良いだけのお手軽なアイテムなど無かった。思い出すだけで心安らかになる今は亡きおばあちゃんの存在や、パワースポットの神社で買ったお守り、月の光を浴びさせた水晶玉、目を閉じて瞼の裏に描くだけで元気になれる故郷の風景、唱えるだけで意識が澄むお題目。そういうのがてきめんに効く性質《たち》なら良かったが、小さな怒りなら消せても、荒れ狂う怒りの前では無意味だった。情けないことにそれらの方法よりも、〝あれ食べたい〟〝これ欲しい〟と他の欲望を見つけて気分を変える方がまだ性に合っていた。

半年間怒らない習慣を心がけた結果、たどり着いたのは意外な答えだった。

好きを好きすぎないようにする。

一見怒りとはなんの関係もなく思えるこの心の持ちようが、私にとっては重要だった。私の性格の特徴として怒りっぽさが挙げられるが、同じくらい〝好きなものはとことん好き〟というひいき癖がある。目を輝かせて語るほど好きな対象の数が多く、想いが深いほど、その他の影が濃くなる。好きなものを神格化しすぎず、距離を置いて良い面も悪い面も見極められるようになると、ものすごく嫌いだと思っていた物事のちょっとした良い面も見つけられ、あんまり嫌いでなくなる。

好きなものに対しての冷静な視線が必要だ。たとえばアイドルやテレビスターを追いかけすぎると、周りの人間や自分がつまらない存在に思えたり、素晴らしい存在と直《じか》に話すことさえできない今の状況に不満を持つだろう。どんな人にも良いところもあれば悪いところもある。すごく好きだからと言って美化して褒め称《たた》えたり、逆に最低な人間だと唾棄するのは良くない。所詮、その人間の一面しか知らないのだから。

尊敬する人や理想とする人がいるのは素晴らしい。常にそう思ってきたけど、最近ま強すぎるプラスの感情が逆にマイナスの感情に暗い影を落としていると、最近まで気づけなかった。あの人はあんなに素晴らしいのに、自分は……と、比べて落ち込んだりしていたが、あこがれすぎたりしなければ、コンプレックスも無くなる。マンデリンの豆を挽《ひ》いたコーヒーが大好物で、飲まないと朝も夕も始まらない。執着しすぎると、豆が切れると焦るし、タイミングが悪くて飲めないと苛々する。仕方なく代用として別のコーヒーを飲めば「やっぱり良くない」と不満もつのる。

では愛情が悪いと言うのか。深く愛する対象あってこその人生だ、好きなものを失くせば楽しみが減り、怒りも無いなら、無味無臭の人生になる。しかし〝やっぱり私は多少生きにくくても、なにか心を傾けられる好きなものに囲まれた人生を送りたい！〟とはあんまり思えなかった。自分があまりにも極端すぎるのをいままでの人生で嫌になるほど知っているからだ。意識していなくても、何かに出会うと心が、好きか嫌いかを瞬時に判断してしまう。かったるそうと少しでも感じたら作業は苦行になり、会話での相手の言動に引っかかると寝床まで持ち帰って何時間も悩む。逆に好きだと感じたら時間は飛ぶように過ぎて、なかなか飽きず、これは素晴らしいと心底信じて打ち込める。

こんな私から好きと嫌いを完全に取り除くなんて、無理な話だ。現にいま白黒をはっきりつけすぎないよう努めているが、前述した通り判断は瞬く間に決まってしまうので、最初の印象をぬぐい去るのは難しい。偏りすぎないよう努力してようやく、他の人と同じくらいの感覚になれる。

博愛精神を心がけた方が近道になりそうだが、嫌いなものを無理やり好きになろうとするより、ものすごく好きと執着している気持ちを平らかにしていけば、自然とものすごく嫌いの方の気持ちも薄まる。私の場合、世の中のものを〝あれは好き〟〝これは嫌い〟とはっきり分けていたせいで、嫌いな方に接するときにストレスを伴う怒りを感じていた。

ほかに心がけるとすれば、無理にムリなものと付き合わないことか。どうやったってモメる人物や仕事を、けんかや話し合いや妥協案で解決したって、根本的には割り切れておらず、再び出会えばまた一から始めなければならない。だから、きっと分かり合えるはずという理想論を捨てて、関わらずに済みそうならもうあきらめて、関わらざるを得ない場合はできる限り淡々と快活に手早く終わらせてしまった方がラクだ。苦行をラクに終わらせるのは怠けることではなく、生活の知恵だとも思うようになった。水のように生きるためには、眉根を寄せて顔をしかめて苦手なものに何度もぶつかるのではなく、その脇をすいすい流れてゆく必要がある。

書くのは簡単だが、実行となると難しいのが心の整え方だ。長い修行の果てにできるようになったり、長く生きて老年になってから角が取れて丸くなる人もいるのだろう。私のような人生経験もまだまだで何もしていない、ただこんな風に生きたいなぁと思い始めただけの人間が、霧のなかで手を突き出して走るようながむしゃらさで進んでも、いつかその境地までたどり着けるのだろうか？

きっとできるという気がしている。まずは〝些細なことでキレない〟というささやかな次元から始めて、自分のペースで新しい目標に歩んでいく。

正直、自分の主張を話したり書いたりするだけで、ちょっと怒ってしまう。思い込みが強ければ強いほど、話しているうちに熱がこもって、反対意見を言われたら勢い良く言い返す。一生懸命語っているうちに、相手の話の内容を聞かなくなる。

幸も不幸も捉え方次第で、なんでも幸せだと思って生きていければ楽しそうだけれど、いつでも前向きでいるのはなかなか大変だ。もともとそういう人間なら可能かもしれないが、いくら自分に言い聞かせても明らかに幸せではない場合、ポッキリ折れてしまう可能性もある。

ならば、先ほどの白黒をつけすぎない考え方をこちらでも使って、幸と不幸を分けすぎずやっていけばどうか。『自虐の詩《うた》』という漫画は、生まれた時から苦労続きの主人公、幸江《ゆきえ》さんが色々あって心の成長を経て「幸や不幸はもういい　どちらにも等しく価値がある　人生には明らかに　意味がある」と感じる場面で終わるのだが、なんだかすごく感動した。

太宰治の『人間失格』には「幸福も不幸もありません。／ただ、一さいは過ぎて行きます。」という言葉がある。こちらも非常に激しく心を揺り動かされた。

二つの作品の言葉とも、言っていることは似ている気がする。どちらの主人公も自らの苦しみへの嘆きを経て、世の中の人が定義するのとは違う、幸と不幸の捉え方にたどり着いている。ただ前者は生きるための言葉で、後者は死ぬための言葉だ。すべてに意味がある、と思って力強く生きてゆくか、いっさいはただ過ぎてゆくのみ、と思って人生を終えるか。

どちらも間違っていない。

大人の素直を手に入れるのが目標だ。世の中嘘や建前だらけで、子どもじゃあるまいし、提示されたものをそのまま信じたら愚かだ。いままでの経験を生かして、裏や策略を読みながら世間を渡ってゆこうと息巻いていたこともあった。だけど見えない分からない出来事まで邪推していると、選択肢を狭める結果になった。色々と疑いたいのをいったん堪《こら》えて、細かい文句をつけずに勇気を持って受け入れてみるのが、大人だからこそできる素直さの表れではないかと今は思う。

怒りには神的なパワーを感じるときがある。ほかの感情に比べて鋭く強く熱量も多いし、実体化したら雷のようにピカッと光って地面に落ちそうだ。怒りが噴出すれば内部で爆弾が落ちたレベルで異変があるので、態度には出さないでおこうと努めても、顔色が変わったり、相手につい言い返したくなる。なにくそ、見返してやる、と奮起の材料になったりもするので、使い方次第では大きく化ける可能性もあるのだろう。

でも今現在の私にとっては〝怒ってまで頑張りたくない〟というのが本音だ。腕に力を入れるために腹の立つ場面を何度も思い浮かべて噴火する。眼前に赤い布を振って自分ひとりで闘牛士と闘牛の二役を兼ねる。疲れるなぁ。できたら身体のどこにも力の入らない状態で、世の中の身近な平和を喜びながら、色んな物を見たり聞いたりできる限りたくさん経験して、すいすいと歩いて生きていきたい。

声の無い誰か

通り魔というと通りすがりにナイフなどで切りつけてくるイメージだが、最近近所に出没する通り魔は、ただ切りつけてくるだけでなく、逃げたら走って追ってくるらしい。しかも狙うのが女児ばかりというのだから、ほんとなら震え上がるような事件だ。マンションから外に出れば、何の変哲もないのどかな風景が広がっているが、私が気づかない時間帯に泣き叫んで逃げ回っている幼い子どもがいたということか。

うちは地方都市の住宅街で、近所付き合いが密なわけでもない一家族だが、情報はどこからともなく入ってきた。ニュース報道があったわけでも、不審者注意の貼り紙が増えたわけでもない。スーパーで自然に耳に入ってきた買い物客同士の会話(「だいぶ追いかけられたらしいわよ」「うちの子も塾の帰りは毎回バス停まで迎えに行くようになったの」)、近所の道で渋い顔をして、なにやら状況説明を飲食店の店員にしていた女の人のものものしい雰囲気、「ヘンタイが、来たぞーっ」と一人が叫んで、残りの子たちがギャーっと悲鳴をあげて逃げる遊び。そして〝ちかんに注意〟と赤い文字で書かれた看板が、近所に新しく二つ設置されたこと。

何があったんだろうと思い、「最近近くに不審者が出てるみたいね」と高校生の娘になんとなく話してみると、優花《ゆうか》のほうが詳細を知っていたのだった。

「お母さん知らなかったの？　たて続けに通り魔事件が起こってるらしいよ。夜に道を歩いてたら突然手首摑まれて、振り払って逃げたらどこまでも追いかけてくるんだって。家まで逃げ切れた子は助かってるけど、捕まった子は切りつけられたりレイプされたりして、翌朝捨てられてるのを空き地で発見されるらしいよ。小さな子は黒いゴミ袋に入れて捨てられるって」

思った以上に猟奇的な事件で怖気《おぞけ》が走った。夕食に出したあとにいくつか残ったカキフライを、優花のお弁当用にとタッパーに詰めていた最中だったが、急に揚げ油とカキの匂いがむっときて、気分が悪くなる。もしかして、腐ったカキを揚げてしまった？　いや、今日買ったばかりなのにあり得ない。心理的なものが原因の吐き気だ。

「そんな恐い事件が近所で起きてるの？　テレビや新聞でもやってないし、巡回してるパトカーとかも見かけないけど」

優花がわざと恐がらせる深刻な表情になって声をひそめる。

「被害者が名乗り出ないんだよ、あまりにもひどいことをされたのを、周りに知られたくなくて。被害に遭《あ》ってるのは子どもが多いから、親が隠したまま夜逃げみたいにある日いきなり引っ越しして、子どもも転校して、違う町へ行っちゃうんだって。でも警察の人は通報を受けてもちろん知ってるから、警察官の奥さんとかが周りにそっと漏らしてるらしいよ。だからこういう話はママ友同士の間で漏れ伝わるんだって。〝子どもに夜道を一人で歩かせるのは、くれぐれも注意してくださいね〟って」

「子どもばかり狙う変質者なの？」

「さあ、そこまでは知らない。犯人は最近越してきた、外国人って噂があるよ。道ばただけじゃなくてね、ライトモールの三階に旅行代理店が入ってるでしょ。あの店舗の奥のトイレに設置された防犯カメラに映ってたんだって。人目につきにくい、女子トイレに女の子が押し込まれて被害に遭った」

一年半前に車で十五分の距離の場所に建ったライトモールは、広すぎて一体いくつくらいの店舗数なのか、私はまだ把握しきれていない。この地域には今までなかった規模のモールで、開店以来、町の人間はもちろん県外からも多くの客が押し寄せている。学校帰りに友達と必ずと言っていいほどモールに寄ってくる優花とは、歴然とした情報量の違いがある。

「どこのトイレか分からないけど、人目がないって言っても、お客さんは結構いるのに、犯行できるものかしら」

「朝どきの客が少ないときを狙ったんだって」

「じゃあ優花ちゃんもモールに行くのは控えないと」

「えっ、それは無理。一階のポッピングシャワーアイスクリーム、今クラスで大《おお》流行《はや》りなんだから。毎週一緒に食べようね、って萌音《もね》ともこの間約束したばっかだし。それに犯人はモールだけじゃなくて、色んな場所で犯行に及んでるんだよ。たとえば高山《たかやま》小学校の裏路地とか」

「うちからすぐ近くじゃないの」

歩いて五分もかからない場所だ。急にサッシの鍵をちゃんと閉めてるかどうか気になった。

「優花ちゃんも気をつけないと。バイト帰り、このごろ遅くなってるけど、大丈夫なの？」

「バイトの行き帰りは高山小の前なんて通らないじゃん。チャリ使ってるんだし、追いかけられても逃げ切れるよ、大丈夫。それにロリコン野郎の犯人から見れば、私なんてオバサンだし」

「なに言ってるの、用心に越したことはないでしょ。とにかく気をつけなさい、夜一人で出歩かないようにしないと」

優花は駅前のファストフード店に週四日でバイトに入っている。九時半までに帰ってくるのを約束して許可したバイトだったが、長く勤めるにつれてバイトのなかでも重要な位置に上がってきたと言って、帰宅時間がどんどん延びている。本人は責任感が増して早く帰れないと言っているが、実際は職場になじんできて楽しくて、親との約束などどうでもよくなってきたのだろう。

優花は平均的な顔つきだが、親の欲目かもしれないが愛嬌《あいきょう》のある無邪気なあどけない顔だちをしている。なんといっても十六歳でニキビ一つないぷるぷるした肌をしているし、子ども狙いの変質者でも、この子は範囲内だと判断して寄ってきそうだ。

「お母さん、バイト終わりにお店まで車で迎えに行こうか」

「冗談やめてよ、自転車で十分の距離なのに」

よっぽど職場に来られたくないのか、素早く拒否された。確かに携帯で「終わったよ」と連絡を受けてから車を出すと考えると、お店に車が着くよりも優花が自転車で家に帰ってくる方が早いだろう。

「危ないのは間違いないんだから、できるだけ早く帰ってきなさい。あとバイト先にはあの訳の分からないくらい短いホットパンツは穿いていかないこと。短すぎてポケットの内側が裾からはみ出てたわよ」

「ワケ分かんなくないよ、あの丈が一番脚が長く見えるんだから！　ポケット見えるのはデザインだし。あとホットパンツじゃなくてショートパンツね。その呼び方、なんか古い」

「はいはい、なんでもいいから気をつけなさいね」

「うん、そうする。確かに恐い事件だもんね。噂によるととんでもなく残酷なやり方で女の子を傷つけるらしいよ、犯人。なんとね、トイレットペーパーの芯を……」

「もういいわ、聞いてられない。平和な住宅地だったのに、信じられない。警察も早く捕まえてくれないと気が休まらないわ」

タイミングよくお風呂の給湯完了のメロディが鳴り、話を切り上げてお風呂に入ったが、通り魔の話が頭から離れず、いつもは気にならない浴室の小さい窓が気になった。いまは夜の闇に黒く塗りつぶされている。全開にはならない仕組みだし、通路に面してはいるが高い位置にあるので手は届かない。でも脚立とハンマーとペンチを持ってこられれば、侵入は可能だろう。考えてみれば、隙だらけのなかで暮らしている。

シャンプーをしていてもすりガラスの向こう側に男の手のシルエットが現れる映像が浮かび、何度も顔を上げて小窓を見たので、シャンプーが目に入り痛く、軽くパニックになった。

「変な事件が高山小の近くで起きてるらしいけど、亜実奈《あみな》ちゃんは大丈夫？」

優花に話を聞いた翌日すぐに、かつて同じマンションに住んでいた生協仲間の矢野《やの》さんにひさしぶりに電話したのは、お子さんを心配する気持ちもありつつ、もし情報をもっとご存知だったら知りたい、という打算もあった。

「え、安田《やすだ》さんも知ってるの、あの噂。お子さんはもう大きいでしょう。亜実奈は大丈夫なんだけど、高山小はいますごい騒ぎでね、ちょっと困ってるくらいなの。話を聞いた児童が気分悪くなって保健室行ったり早退したり、授業中に先生に〝あの事件は本当なんですか〟って訊いたりね。隣のクラスの先生によると、そんな話は聞いてない、被害に遭った児童も転校した児童も知らない、っておっしゃったらしいんだけど、保護者のなかには〝事件の載っている小さい記事を地方新聞で見た〟って言い出す人もいて、真相はよく分からないの。学校側も事件は無かった、って言いながらもずっとやめてた朝の集団登校を再開したりね、ブレブレなの。プライバシーの関係で被害に遭った児童について公言できないのかもしれない、って言ってたお母さんもいたわ。とりあえずうちや他の女子児童のお母さんたちは交替で自転車で登下校の道をパトロールしたり、公園を見回ったりしてる」

矢野さんは話す相手が欲しかったようで、やや興奮して私に現状を伝えてくれた。結局新しい情報もなく、何が知れたわけでもなかったが、小学校の混乱ぶりと子どもたちや親の怯えは把握できた。優花がもしまだ小学生だったら、私も同じくらい動揺しただろう。ふと、優花が幼かったとき、常に守ってやらなければいけないと身構えていた頃の、緊張した不安な精神状態を思い出し、動悸《どうき》が速くなった。

「大変なことになってるのね。早く犯人が捕まればいいね」
「これだけみんなの耳に入ってるのに学校が事件を否定するから、犯人は実は学校側の人間、つまり先生なんじゃないか、なんて話まで保護者の間で広がってるの。子どもたちも落ち着かなくて勉強に身が入らないみたいだし、早くなんとか収束の方向に向かってくれるといいんだけど」

女の子は山のなかの雑木林を逃げ、犯人は追いかけるがなかなか捕まらない。女の子の足が速いからではない、犯人がわざと追いつかないように、つかず離れずの距離で笑いながら追いかけているのだ。

女の子は怯えにひきつり、ぐんなり青い顔をしているが泣いてはおらず、自分の状況が把握できていない表情のまま走り続けている。息が切れて、木の根に足がひっかかり、走る向きも真っ直《まっす》ぐだったのが、よろよろと蛇行している。

男が乱暴に襟首を摑むと、女の子の細い首がぐいと後ろへ曲がって、バランスを崩し、倒れそうになる。

「なにやってるんですか、子どもを離して」

二人に追いついた私は、震えているが厳しい声で叫び、懐中電灯の丸い光で犯人の背中を照らした。

ふりかえった無表情の男は、優花の昔の担任だった。

ベッドから起き上がったあと、あまりの夢の後味の悪さにしばらく布団から出られなかった。朝ごはんの支度をしなきゃ。

洗面所の前を通りかかると、先に起きていた夫が寝ぼけた顔で歯磨きをしている。

「お父さん、おはよう」

「おはよう。さっき新聞取りに行ったら、町内会の回覧板がドアの前に置いてあったぞ」

「あとで見るからテーブルに置いておいて」

「普通のお知らせといっしょに、なんか変な手作りのチラシみたいのが挟んであったぞ。ちらっと見たけどずいぶん物騒な内容で」

「あら、なんだろう」

最近不審者が夜道で人を襲う事件が多発しています
特に小さなお子さんがおられる家は十分注意してください

多発、の文字が小さな二重丸で強調されている。手書きで書かれた大きな丁寧な字が、ものものしさと禍々《まがまが》しさを発している。

「これ警察からのチラシじゃないよな。誰が書いたのかも分からんし、ちょっと怪しいぞ」

「きっと善意でまだ知らない人に教えてあげようって思った人が書いたんだと思うわ。字の感じを見るに、年配の方ね。優しいのよ、もう被害者は出ませんようにって願ってるんでしょう」

「そうかねえ。優花はちゃんと気をつけてるのか」

「初めはどうでもいいみたいだったけど、学校でもだいぶ噂が広まってきたみたいで、私がうるさく言ったのもあって、最近はバイトから帰ってくる時間が早くなったわ」

「変な奴はいつの時代もいるから気をつけた方がいい。お前も気をつけろよ」

「私？」

思わず笑ってしまった。でも夫の言葉の意味がすぐ分かったということは、私もまだ自分でも女だと意識していたのだろうか。

「そうだよ。当たり前だろ、気をつけなきゃ。夜出歩かないように、戸締まりはしっかりして」

「はいはい、分かりましたよ。あなたもできるだけ早く帰ってくるようにして」

「分かった、努力するよ」

夫の真剣な瞳が少し嬉しく、同時に〝私が襲われるなんてありえない〟と優花と同じ反応を見せた自分が恥ずかしかった。もうオバサンだから、と自分を定義して安心したところで、それは世間知らずの非常に狭いものさしで測ったにすぎない。襲われる理由は無限にあっても、襲われない確かな理由は存在しない。

夫と優花を送り出したあと、洗濯物を畳んでいたら携帯が鳴り、相手は昨日しゃべったばかりの矢野さんだった。

「こんにちは。何度も続けて、ごめんなさいね。うちのマンションの家族で、あの事件の噂が原因で、とうとう不登校になっちゃった子がいるの。亜実奈より二学年下の子で、ナナミちゃんっていうんだけどね。子どもが学校に行かないんじゃ自分も外出できない、っていうことで、ナナミちゃんのママが午後におうちにお茶を飲みに来ないか、って誘ってくれたんだけど、安田さんも一緒にどう？」

「え、私？」

意外すぎる展開に驚くと同時に、ちょっとめんどくさい気持ちが芽生えた。矢野さんの口ぶりに、冷静さを欠いた興奮をかぎ取ったからだ。とっさに今日しなければならない用事を口に出そうとしたが、特に思いつかない。いま取り掛かっている洗濯物の山を崩す作業を正午までに終えれば、あとは夕飯まで録《と》りためたドラマでも見ながら過ごす予定だった。嘘がするすると口から出てくるタイプでもないので、高山小に通う子どもを育ててるわけでもないのに、参加することになってしまった。

引っ越したマンションに足を踏み入れるのは二年ぶりで、様子はまったく変わっていなかったが、やはり壁は昔に比べると黄色っぽくすすけていた。住んでいた当時もそうだったが、いまでも子どもは多く、マンションの下の公園は学校から帰った子どもたちの遊ぶ声でさんざめいていた。

高山小に通う子どものお母さん、伊藤《いとう》さんは二階に住んでいて、私と矢野さんがやってくると、忙しいなか足を運んでいただいて本当にすみません、と恐縮しきりだった。いくら恐い噂が出回っているとはいえ、子どもを叱り飛ばして学校に行かせることもしないなんて、もっと常識の無さそうな人かと思っていたら、普通のお母さんの様子にほっとした。

「ナナミには知らない大人に声をかけられても絶対についていっちゃダメってきつく言ってあるんですけど、まだ小学二年生だし、なによりちゃんと逃げても追いつかれてさらわれたら、本人はなす術《すべ》が無いですからね」

伊藤さんがリビングのテーブルでお絵かきして遊ぶナナミちゃんに心配そうな視線を送る。

「ナナミちゃん、可愛いねえ。いっしょうけんめい、何描いてるの」

ナナミちゃんの後ろからのぞきこむと、身体をばらばらにされた女の子の絵を描いていた。笑顔のままこわばるのと同時に、こんな幼い子まで絵に描いてしまうほど怯えてるなんて、と犯人に激しい怒りを覚える。ショートカットの女の子の顔はニコニコ笑っているのに首から下は切り離され、丸襟の黄色いブラウスを着た胴体は、お弁当箱に入れるバランのように描かれた芝生に囲まれた場所に放置されていた。青いハーフパンツを穿いた足は花のたくさん咲いているエリアに。両腕にいたっては画用紙のめいっぱい端にそれぞれ投げ散らかされている。一瞬ほのぼのしたタッチの幼稚な落書きに見えるのに、よく見るとけっこう不気味でぞっとした。

「教室でお友達から恐い話をいっぱい聞くんでしょうね。最近こんな絵を描くようになって心配してるんです。こらナナミ、こういう絵を描くのはやめなさいって言ったでしょ」

母に叱られるとナナミちゃんはふてくされ、人見知りもあるのか自分の部屋に入ってドアを閉めてしまった。

「伊藤さん、ちょっと心配しすぎかもしれないね。私たちのまえでは明るく振舞ってくれたけど、顔に元気が無かったし。お母さんの不安がナナミちゃんにも伝染しないといいけど」

伊藤さんのお宅を出たあと、矢野さんが心配げに呟いた。伊藤さんは情報が欲しいと言っていたが、彼女の方がすでに事件に関しては私よりも何倍も詳しかった。郊外の大型電器店のトイレの噂、協力者の女の噂、ショックのあまりおかしくなってしまったというお母さんの噂。

伊藤さんは言葉をにごしていたが、犯人はレイプだけでは飽き足らず、もっと残虐なことをして、女の子の身体を壊したらしい。

「それって、トイレットペーパーの芯がどうとかいう話ですか？　うちの高校生の娘が言ってたんですが、もうむごくてそれ以上聞けなくて……」

「はい、私が聞いたのも同じ内容です。ほんとに犯人は猟奇的な趣味の持ち主です。自分より弱い者をいたぶって楽しむなんて」

「なんでも被害者の子のお母さんはショックで精神を病んでしまって、引っ越してからずっと入院してるらしいんですって。いたわしい話よね」

「被害者の女の子はどうしてるの？」

「さあ、それはまったく不明なんだけど、大けがだったろうから、やっぱりまだ同じように入院してるんじゃない」

「最近越してきた外国の人なんて、すぐ特定できそうだけど」

「つまり見てすぐは外国人って分からないような人たちよ」

それにしてもほとんど面識のないお母さん同士を三人も集めてしまう事件の吸引力はすごい。ご近所同士の付き合いが深いわけでもなく、人口の少ない田舎でもなく、越してきた核家族の多いベッドタウンの住宅街なのに。こんなことが無ければ、以前住んでいたマンションに行くことも無かっただろう。帰りは当時好きでよく買い物をしていた魚屋さんに立ち寄り、お刺身の盛り合わせを買ってから帰った。

食料品を冷蔵庫に詰め込んだあと携帯を見たら、矢野さんからさっそく不在着信が入っていて、思わず苦笑してしまう。

「もしもし？　さっきはどうも」

かけ直すと矢野さんはすぐに取り、覇気のない声で伝えた。

「ごめんなさいね、何度も。さっき他のお母さん方からメールが来て知ったんだけど、通り魔の事件、あれまったくのデマだったんだって。警察と学校がそれぞれのホームページで正式に発表したの」

「え？」

泣き叫んでいた女の子の顔が急速にしぼんでいった。デマ？　そんなはずはない。あんなに真実味のある話がデマだったなんて、逆に信じられない。

「なんだか、嘘みたいな話ね」

自分の声が思った以上に拍子抜けしていて、あわてて「でもデマなら良かった、ホッとした」と伝える。悲しんでいる子どももその親も実在しなかったなんて非常に喜ばしいできごとなのに、ちょっとがっかりするとは何事か。

「さっき亜実奈が帰ってきて、学校の終わりの会でも先生から、〝小学生が不審者から被害を受ける事件がたて続けに起こっていると噂が広がっているが、根も葉もないデマだから、みんなあまり気にしすぎないように〃って言われたらしいわ。まあ先生がわざわざ否定するんだから、デマで確定ね。ほんと人騒がせな噂だったわ、私もう振り回されて疲れちゃった」

矢野さんとの電話を切ると、さっそく高山小と警察のホームページをパソコンで見た。高山小のホームページには冒頭に『保護者の皆様へ　近ごろ不審者への不安が数多く寄せられていますが、現在不審者を目撃した、被害に遭ったという情報は入ってきていません。』と記してあった。

また地域の警察のホームページでは〝地域の皆様へ〃と題されたページに、不審者についての問い合わせが多くなっておりますが、いまのところ該当する事件は起きておりません、と、そっけなく短い文章が載っていた。そのページを何度見てもにわかに信じがたく、何度もクリックして再読み込みさせてしまった。同時に、警察がわざわざ否定するなんて、よっぽど噂が広がっていたんだなとも思った。

すべてが本当ではなくても、なにか実際に起きた事件と噂はつながってると思っていた。だってあんなに皆が知っていたのに。あんなに信憑性《しんぴょうせい》のありそうな詳しい内容だったのに。事件をイメージするたびに、犯人像や被害者の子どもたちの顔が具体的になってきたのに、彼らが実在しないなんてなんだか考えられない。

そんな風に思っていたのも束の間、次第にデマを信じて大騒ぎした自分が恥ずかしくなってきた。きっと私のような、ただ聞きかじっただけの噂をしたり顔で話す人間が、騒ぎを大きくしたのだろう。おせっかいして逆に不安を煽り、あげく全部嘘だったなんて、はた迷惑なおばさんではないか。深刻な顔を突き合わせて議論した午後の時間が気恥ずかしい。

稲川淳二《いながわじゅんじ》ばりに深刻な口調で、恐ろしげに滔々《とうとう》と語っていた優花も、警察と学校のW発表にすっかり熱がさめたようで、いまでは〝あれは百パーセントデマだった派〟にシフトしている。

「あんなの完全にデマだったよ。うちのクラスの子がネットでページ見つけて来たんだけどね、今回のうちの地域で流行った噂と同じ内容の噂が、全国津々浦々で頻繁に囁《ささや》かれてるみたいよ。地方都市でありがちなデマみたい。そのページ、私も見たんだけど、被害者が女の子で犯人は外国人、事件の発生場所は最近建った大規模の商業ビルとか、デマが流れやすい地方都市の定型パターンにうちの地域がぴったり当てはまっててびっくりした。ほかにも犯人はサーカスとか巡業の人、事件場所はファストフード店っていう場合も多いんだって。で、被害者はレイプされて名乗り出ないから事件が表沙汰にならない……がセットになって、噂に尾ひれがついて世間に回るんだって。むかーし流行ったっていう口裂け女みたいなもんだね。あれは妖怪だったけど、いまは人間の方がよっぽど恐いってことかなぁ」

つまらなそうに携帯をいじりながらソファに寝転がっていた優花が、急に起き上がった。

「それよりお母さん、バイオリニストが自分の夫を殺した事件知ってる？　ネットニュースで犯人の女の人の写真見たけどさあ、すっごいきれいだったの！　なんであんな美人が夫を殺さなきゃいけなかったんだろうね？　実家も近所で有名なくらいお金持ちだったんだって。本人はソロコンサート開くくらい、バイオリンで成功してたって言うし。でもね、殺される直前まで夫がツイートしてたらしいんだけど、その内容がさあ……」

優花はデマの一つとして簡単に忘れ去ることができそうだったが、私のなかであの事件は尾を引き、家族が寝静まってから思い出して布団のなかで苦しむことになった。あんなデマをとことん信じてしまった自分が愚かで後悔がつのる。なかでも思い出して顔から火が出るように恥ずかしいのは、勝手に作り上げていた犯人像だった。自分だって結婚してから越してきたよそ者のくせに、最近越してきた人だの、外国人だのを怪しんでいたのは明らかに偏見だ。普段は近所付き合いもほとんどせず、人は人、自分は自分といった都会人然とした暮らしをしているのに、こういうときだけ分かりやすすぎる疑心暗鬼に陥る。

翌日、いてもたってもいられなくなって、矢野さんに電話した。

「ホームページ見ました。結局根も葉もない噂だったみたいね。自分で目撃したり、被害に遭われた方から直接話を聞いたわけでもないのに、完全に信じこんでしまうなんて、お恥ずかしい」

「本当に、私のほうも高山小に通う子どもがいるとはいえ、騒いでしまってごめんなさいね。ナナミちゃんも学校にまた通い始めたって、伊藤さんも言ってたから、噂に振り回されたのは残念とはいえ、とりあえず解決して良かったです。それにあれだけ大きな噂になれば、信じても当たり前だと思う。じっさい緊急の保護者会では不安でとても子どもに外を歩かせられない、って泣き出したお母さんもいたのよ。事実じゃなくて良かった、って私はほっとしてる。被害を受けた子なんて、いなかったわけだから」

「たしかにデマで良かったね」

「ええ、苦しんだ子どもがいなかったのは本当に良かったし、地域の治安を見直す良いきっかけにもなったんじゃないかな」

矢野さんの前向きな考え方に、こちらの気持ちも段々明るくなってきた。

「でも保護者のなかにはね、あれだけ大きな噂になってたんだから、全部が全部嘘なわけはない、火の無いところに煙は立たない、ってまだ根強く信じている派の人もいるみたいで」

「気持ちは分かるけど、娘にインターネットのページを見せてもらったら、まったく同じ内容の噂が全然違う都道府県でも流れているって記事が載っていてね。人が信じ込みやすいデマってあるみたい」

「本当？　それは良いことを聞いた。まだ不安がっているママ友にも教えてあげます」

優花からの又聞きだったが、ちょっとは他の方々の不安の解消に貢献できたかもしれない。矢野さんの言う通り、事件の被害者がいなかったのは、本当に良かった。勝手に頭に浮かんでいた残虐な映像もフィクションだったのは、救いだ。

日常がまた戻ってきた。とはいえ嘘に踊らされていただけで、平和な日常はあの間も変わらず進行していたのだ。伊藤さんの家に行ったりしている間に夕飯ができとうになっていたので、今日は張り切って作ろう。黒酢酢豚と、かにシューマイ、もやしのナムルにしよう。材料は買ってある。料理で手を動かしながら、そういえば私は昔から恐ろしい事件が起こったとニュースで知ると、まるで自分に起こったように感じて寝られなくなるタイプだった、と思い出した。世の中に対してどこか常に恐れを抱いていたから、働いて絶えず外に出なければいけない生活より、家で過ごす時間の長い主婦業を選んだ。ニュース番組は刺激が強すぎるから避けて、ドラマやお笑いショーや教養番組を見ていた。用心していたのに、今回の噂は心にするっと入り込んできて、チャンネルが合ってしまった。警戒する気持ちと同時に、情けないけどどこか興味本位な部分を刺激されてしまったのだろう。

　料理はでき上がったが、肝心の家族が帰ってこない。夫からはメールで遅くなると連絡が入ったが、問題は優花で、十時を過ぎても十一時を回っても、うんともすんとも言ってこない。携帯に電話しても連絡が取れない。いまは帰り道で自転車を漕《こ》いでるから電話が取れないのだろう、と自分に言い聞かせようとしたが、あの噂の恐ろしい内容がいまさら水中花のようにゆっくりと胸のなかでひらいて不安を咲かせた。あれは、嘘だ、なのにどうしよう、小学生の頃の優花が襲われている映像が浮かんで頭から離れない。

どうにも我慢できなくなって、エプロンを外しただけの身なりにかまわない姿で、優花の帰り道のルートを辿《たど》った。目をこらして道の先に自転車に乗った優花の姿を探すが、どの道にもいない。走って走って、ルートを辿るうちに木々の茂る大き目の公園のまえ、外灯の下、公園わきの草むらで自転車ごと倒れている女の子を見つけた。優花だった。

「優花、優花ちゃん」

優花は泣きそうな顔で必死に足を引っ張っていたが、私に気づくとあわてて気丈な笑顔に戻った。

「あ、お母さん、ちょうど良いタイミング！　助けて、起き上がれないの、靴が後輪に挟まって」

優花のスニーカーの爪先を力を入れてぐいっと内側へ押すと、足ははずれた。横倒しになった自転車を起き上がらせると優花も立ち上がり、傷になっている膝の横についた土を手で払った。

「自転車で転んだの？　こんな派手な転び方するなんて、スピードでも出してたの？」

「男の子たちがいきなり道端に飛び出してきたんだよ、危ないよね。私ぐらいの年の子たち、酔っぱらってたみたい。三人いて、道を歩いてたのを横から抜かしたら、大声上げて追いかけてきたの。急いで自転車漕いでたら、タイヤが砂利でスピンしてこけちゃって。どうしようって真っ青になってたら、男の子たちはいつの間にかいなくなっちゃった。で、起き上がろうとしてたんだけど、靴がタイヤに挟まって脱げない動けない！　って思ってたところにお母さんが来たの」

「ぶじで良かった！　もう気が気じゃなかったわよ。倒れてるあんたを見つけたときは心臓が止まるかと思った」

「大丈夫だよ、ある意味ただ転んで起き上がろうとしてただけだったし」

「その男の子たちは助けてくれなかったの？」

「んー、酔っぱらってたみたいで、笑うだけで、なんにも。すぐどっかに行っちゃった。まさか足が挟まってるとは思わなくて、自力で起き上がれるだろう、ぐらいのもんだったんじゃない？」

「本当？　ちょうど外灯の下で倒れたから目立ちすぎて手を出せないと思って、逃げたんじゃなくて？」

優花は一瞬顔面蒼白《そうはく》になったが、おおきな笑い声を上げた。

「お母さん心配しすぎ。大丈夫、とくに被害は無いよ。あいつらがなんかしてこようとしても、私は大声で叫ぶから大丈夫だよ。でももしこれから車で迎えに来てもらえるなら、そっちにシフトしようかな。もう転んだりするのごめんだし」

心臓はまだ高く波打ち、優花には、お母さん帰ろうと呼びかけられたが、ちょっと休んでいく、と公園の手前にあるベンチに座った。ふう、と息をついていると、後ろの繁みがガサッと鳴ったような気がした。

まさか、男の三人組がまだ公園にいる？

ふり向くと外灯の明かりに一瞬、黄色い服の端が見えた気がした。細い腕も。位置が下のほうだ、子どもかもしれない。こんな時間に？　もしかして優花と同じ被害に遭った？

携帯を握りしめ、ベンチを越えて木々と草むらのエリアへ入ってゆく。意外に狭い場所で奥にはすぐ隣のアパートとの境に立てられたフェンスがあり、犬がおしっこする場所はあっても、大人や子どもが潜めそうなスペースはない。

見間違いかと引き返そうとしたら足元から息遣いが聞こえて、髪をふり乱した子どもが首まで地面に埋まってこちらを睨《にら》み上げていた。土と同化した茶色い肌に大きく裂けた口から息を吐く声が苦しそうに長く細く、声にならない叫びを上げている。目が離せないまま腰を抜かして後ろへ逃げようとするが力が入らず枯れ枝をむしるだけ。逃げようと後ろを向いたが、違う、助けなきゃと再び地面を見ると女の子の頭は跡形もなかった。風に吹かれた草が揺れているだけ。

「お母さん、どこ行ったの？」

優花の声が飛んできたので、必死に声をふりしぼった。

「なんでもない、いま戻るから」

さっき見たものはなんだった？　乱れすぎていつまでも戻らない息が、見間違いではなく確かに、説明のつかないものを見たことを証明している。この公園で小さい女の子が行方不明になったとか、亡くなったとかは聞いたことがない。でも見聞きした以外の出来事が起きてないなんて訳はない。見聞きしたことさえ、本当に起きてるかどうか分からないんだから。

「いきなりいなくなっちゃって、びっくりした。早く帰ろう、私ここもケガしてた。痛いの」

優花が見せてくる右腕には肘の近くに赤いかすり傷ができている。優花は平気そうな雰囲気を出そうとしているが、顔には怯えが残っている。やっぱりショックだったのだろう。これ以上恐がらせてはいけない。手と足が震えたままなのを優花に悟られないように、私は全身にぐっと力を入れた。

「早く家に帰ろう、お母さん」

「待って、先に警察へ行きましょう」

さっき見た女の子とナナミちゃんの描いた絵が重なる。そうだ、ナナミちゃんもキャッチしていたんだ。何年、何十年前の叫びかは分からないが、とにかく私と同じ誰かの。

「警察なんていいよ、なにもされてないんだし。ただの酔っぱらいのしたことだし。逆になにかされたんじゃって警察に誤解されたら嫌だし。もう早くお風呂入って眠りたいよ」

「行くのよ。記憶が新しいうちにできるだけ多くの犯人の情報を伝えて。あなただって知らないうちに、声の無い誰かに救われたかもしれないんだから」

めんどくさがる優花を励ましつつ、二人で交番に向かう。小さな事件を放っておくうちに、大きな事件につながってしまうこともあるから。そう、事件は起きなかったわけじゃない。確実にどこかで起きて、誰かが泣いている、叫んでいる、もうやめて、私を助けて、と。声の無い誰かのサインを私たちはふっと察知することでしか、夜の闇に溶けた過去の罪を凝視する術は無いのだ。

意識のリボン

母というふんわりした繭に包まれた、小さな種、私の命。生まれ落ちたとき私は母の股の間から頭を出したとたん、ゃあ、とかぼそい声で泣いた。

「赤ちゃんは取り上げられてから泣くものだと思ってたから、自分の股の間から声が聞こえたときはびっくりしたよ。先生の手元は隠されてたから見えなかったけど、その声を聞いて、〝ああ、生まれたんだな〟って教えてもらう前に分かったの」

出産の話をするとき、母はいつも嬉しそうに語った。

大人になった現在の私はもう覚えていないが、二歳で描くもようやく話せるようになると、当時の私は母の胎内の記憶を語った。

「ままのね、おなかのなかでね、だいだいいろ。ふとんのなかにね、こんな、こーんななの。せまくてね、くちゃくてね。でてくるとき、あたま、すごーくいたかった」

髪を耳の下で二つくくりにした幼い私が、毛足の短いクリーム色のカーペットの上で、膝こぞうを胸に引き寄せて、丸くなって寝転がる映像が、YouTubeに残っている。出生前記憶を語る幼児の、けっこう貴重な映像だとも思うが、サムネイルだけぱっと見れば、小さな女の子のただの成長記録の動画に見えるので、視聴回数は少ない。

映像のなかの幼い私は、真っ赤から橙《だいだい》色にグラデーションになった見事な夕焼け空を窓から眺めながら、話を続ける。

「まえいたとこの、こんな。おそら」

「こんなって、夕焼け？」

撮影中の母が声だけの出演で、のんびりと私に問いかける。母がしゃべった瞬間だけ、少し画《え》が上下に揺れる。背景は木馬のおもちゃがプリントされた薄いグリーンの壁で、幼稚園の年中組まで住んでいた三階建てのアパートの子ども部屋だ。

「こーんなだったの！　おそらがヴヴぉヴぉーってなって、たかいたかい、ひゅーって、すべりだいで、おっこちた、おなかまで。きれいだったぁ」

はしゃいで話す小さな私は、今の私から見れば他人の子どもみたいだ。お腹のなかの記憶も、生まれる前の記憶も本当に存在するのか、うまく信じられない。保育園でのお友達が言うのをまねたのかもしれないし、テレビで空の上にいる子どもや、天使の映像を見たのかもしれない。もしくはまったくの空想を、さも自分が経験したことのように話したとか。

少なくとも母は信じていて、「真彩《まあや》には生まれる前の記憶がある」と喜んでいた。誇らしかったからこそ、私がもう七歳になっていたときに、わざわざ二歳のときの動画を全世界で視聴可能にした。私の成長の記録は随時発信され、私がやめてと言い出す中学一年生まで、真彩プラス年齢の題名で投稿されている。

運動会や学芸会、家で歌う様子、嫌いなしめじを口に入れられて泣く顔、小学校入学のお祝いに買ってもらった学習用机に向かって勉強する後ろ姿など、知っている人に見られたら恥ずかしい気がして、何度も削除してやろうと思ったけど、動画はほとんど視聴回数も伸びなかったので、放置して公開中のままだった。

いまではかけがえのない動画として消すに消せない。視聴回数のうち、少なくとも千回以上は、私がクリックした分が含まれている。幼いころの自分が見たいわけではない。触れたいのは、私に話しかける、若いころの優しい母の優しい声。二歳のときの動画に少しでも母が映ってないかを必死で探したら、最後の最後に、カメラの録画停止ボタンを押そうとレンズを下に向けるところで、姿見に映った母が〇・一秒ほど映っていた。何度も失敗しながらちょうど母の映る瞬間にクリックして静止させたら、カメラを持った、うつむき加減で笑っている母が見つけられた。メガネをかけて、デニムを穿き、床に座っていた。ずっと見つめていると、目から涙がこぼれた。

母は亡くなってしまった。予想外の早すぎる死を悼むには、写真だけではまったく足りなかった。すべての声を、動く姿を、失《な》くしたくない、保存しておきたい。お葬式のあと、遺品の整理をして来訪者も減り、ようやく自由な時間ができて、父と二人で、共に泣きながら七十二の動画を一気に見た。心筋梗塞で五十四の若さであっという間に弱り、この世を去ってしまった母は、私たちには笑顔の記憶だけを残して去った。

さて、私はスクーターに乗っていて乗用車に追突し、ぽーんとお空を飛んでいる。私は絶対に長生きするからね、と泣きながら父に誓ってすぐだったので、親不孝者と言えるだろう。

今日の午後、私はいつも通り勤め先の不動産会社からスクーターで外出し、お客様に物件案内をしている社員に物件のマンションの鍵を届けた。駅前の自社に戻るために再びスクーターに乗り、人も車も少ない道をとくに急ぐこともなく走った。

　正午に、お昼ご飯にコンビニの焼きそばを食べたあとで、ヘルメットが照り返す初夏の太陽もまぶしく、川沿いの柳は風を受けてそよめいて、眠気がなかったと言えば嘘になる。しかし瞼が重くなるほどではなく、蛇行運転も無し、路肩に止まって小休止を挟むほどでもない、ほどよい倦怠《けんたい》だった。

　郊外のマンションから戻ってくる途中だったから、道は幅の広い二車線で、周りは田んぼや小学校や昔ながらの小さな店、ガソリンスタンド、丸い頭のバス停などがあるばかりの見通しの良い真っ直ぐな一本道で、特段注意が必要とも思っていなかった。駅に近づくにつれ車の数も増え始め、わりと道は混んできたが渋滞というほどでもない。急いでいるらしい一台の車が、ツッと風を切ってほとんど紙一枚隔てたくらいの近さで私を追い抜かしていったので、私は減速した。もう少しで接触しそうだったが、青空の下、のんびりした景色に囲まれて、一瞬ひやりとしたのち気分はすぐ直った。

　遅刻でもしそうなの、あくせくしちゃって、とはみ出し禁止のオレンジの中央線を無視して前の車両を追い抜かした車に、心のなかで話しかけた。一台追い抜いただけでは飽き足らずまたオレンジの線を越え、も一つ先の車の前に割り込むスピード出しすぎの車……まるでケーキに切り込むナイフのように、すらっと割って入る車体の素早さ、迷いの無さに目を奪われた。同時に油染みに似たうっすらした不安がステップに乗せた足の裏に広がってきた。いくら華麗なハンドルさばきでも、少々抜かしすぎではないか。こちらからは見えないが前の方の車はさっきの横入りで、急ブレーキを踏まなきゃいけなかったのでは?

大きな割れる音がしてスクーターの前のタイヤに衝撃を感じたあと車体が傾き、私は斜め上の空へものすごい勢いで飛んだ。瞬間、視界はすべてスローモーション、宙をかく自分の手の動きがコマ送りになり、前の車のルーフが迫ってきて右腕で頭をかばい、ぶつかり、まだスローモーションのままボンネットにぶち当たって、身体の左側面から地面に投げ出されたから胸を打ちつけないよう、とっさに身体をひねる。ゆっくりとアスファルトが近づいてきて、ゴキといやな音が身体のなかから聞こえた。

皮膚と内臓を削られる痛み、頭蓋骨を殴られる鈍い音、削られた頬は火を噴くように熱く、口からはみ出た舌を歯が思いきり噛んだ。

大変なことをしでかした! 息もつけない激痛の嵐のはずなのに動揺が先にき

て、顔が一生傷になるかも、鼻はちゃんとついているか、耳はそげてないか。右手を顔に伸ばそうとするが、動かず、遠くて遠くて触れない。自分の顔が遠すぎて触れない。息を吸い込んだら頭がまっしろになった。

瞬きをしてまた目を開けたら、二メートルほど下に自分の身体を見下ろしていた。

足首は外側の変な方向へねじ曲がり、膝はへこみ、頭から染み出した血がアスファルトに広がりつつある。玉突き事故で前の車三台も事故っていて、私に近づいてきたおじいさんが鋭い声で、集まってきた見物人に指示を出している。ああひどい、かわいそうに、かわいそうに、と地元民らしいおばさんが私から数歩離れた場所で、心から怯えた声で誰に言うでもなく呟いている。

自分を見下ろしている自分は風に飛ばされるまま、ふわふわと段々上へ上がってゆき、足元はどうなっているのかと見たら、爪先も脛も何も見えない。身体が無い。上空へのぼってゆき、白く薄い光に背面から飲み込まれた。たんぽぽの種以上に軽い。そよ風が吹くだけで、さらに上へ上へと舞い上がる。目の前いっぱいに、何度も何度も見たYouTubeの画面が広がり始めた。

「――さん、分かりますか、――さん、聞こえていますか、へんじしてくださ い」

私を呼ばないで。せっかく今、気持ちの良い場所に居るのに。

うっすら目を開けると白く大きなマスクを着けた真剣な瞳の人が私の顔を覗き込んでいて、目が合うと、またしきりに話しかけ始めた。ほっといて、ねむい、うっとうしい。きゅうきゅうしゃの中だ、と身体に伝わってくる振動で分かるけど、ついさっきまでの、天空まで舞い上がっていたときの方がよっぽどリアリティがある。名前を呼ばれる度に、いままで一グラムの重さも無かった身体に、泥がつまり、膿《うみ》が溢《あふ》れ、傷からは血が流れ出し激痛に呻《うめ》く。寒くてたまらなくなり、悪寒で歯の鳴る音だけが骨を通じて耳へ伝わってくる。

やっぱ、むり、やっぱ、むり！　もどりたくない！

再び、ぽーんと飛び出しくるくると回転、今度は闇の真ん中へ。スクーターから身体ごと飛び出したあげく、身体からも飛び出した私は、空中へきれいにダイブするのが上手くなっている。

真っ暗の闇は宇宙より深く、でもどこか親身であたたかい。

これが、死なのだろうか？　生きていたころずっとおびえていた死という存在、完全に無になることへの恐ろしさ、すべて失くすことへの無念。でもこの暗闇は想像よりもずっと、あたたかく、場所も時間も消えて、身体を失くした私は暗闇に溶け込み一体化している。暑いも寒いも、上も下もない世界で、どれだけ時間が経ったかも分からないまま、私の意識だけがゆうらり漂い続ける。かつての私にとって、〝何も無い〟とは冷え冷えとした気が狂いそうになる無限の絶望だった。しかし今私の意識は一つでありながらも、ほかの数えきれないほど多くの、無限の意識ともつながっている。

あるひかりが遠くから微かな存在を発して私を呼んでいた。導かれるように、好奇心もくすぐられて、私は点くらいのサイズのひかりを目指した。思っていたよりもひかりは遠く、ぐんぐん真っ直ぐに進んでいるうちに、闇の質が変わってきて、さっきまで溶け込んでいた闇よりも、狭く圧迫感のある空間に、はさまってしまった。息苦しくて不安が芽生えたとき、苦しい負の感情が甦ってきて、闇もでこぼこの、前に進めない形へ変わる。悲しみの粒々が膨らみ、行く手を圧迫する。いままでの人生で抱えてきた悲しみや後悔が、うわっと押し寄せた。

いままで多くの人を失望させてきた。自分可愛さにいろいろと言い訳を見つけては、律儀な人を裏切ったり、明るい人に愚痴を吐いて元気を奪ったり、純粋な人を蹴落として上へ登った。私利私欲に走り、持たざる人をせせら笑い、余ってるのに分け与えないなんてざらだった。人の苦しみには無関心な冷たい態度、卑《ひ》怯《きよう》な手段は生きていくためと正当化し、弱い者を踏みつけにして、我欲を満足させるのに躍起になった。

相手の事情も知らぬまま、あいつは醜い、頭が悪いと陰口を叩き、自分の服に小さな塵《ちり》がついただけでも、嫌悪して手で払い、少々の痛みでも大げさに泣き叫んだ。

見て見ぬふりをして犯してきた罪が、周りを取り囲んで長い影を引き摺《ひず》りながら躍る。具体的な思い出は出てこないのに、しでかした後悔だけがつのって、私なんて消えてしまえばいいのに、最後に残った私の意識さえも完全に途切れてしまえばいい、と願ったとたん、闇が憤怒の塊になって私に襲いかかってきた。お前が憎い！　もっと苦しみを味わえ！　と声無き声で絶叫してくる塊に怯え、ただ目指しているひかりに集中して逃げるしかなかった。全速力でひたすら進んで他のことは考えないでいると、次第に恐ろしい影はまた闇に溶け込み、ひかりはすぐそこまで近づいていた。

周りが明るくなってくると、苦しみは退き、唐突に一筋の明瞭な解が意識を差した。

いままで私は、あまりに多くのかけがえのないものを所有していた。だから失いたくないあまり、悪事をしでかした。だけど、今はどうだ。抱える頭も無い、痛む胸も無い、流す涙さえ無い。優劣を比べる相手もいない、傷つける他者も傷つけられる自分もいない。もうすべて失ったから、失くす不安に怯える必要はない。

なーんて、のんき。

周りの粘っこい暗闇が完全に晴れ、辺り一面の花畑に景色が変わった。穏やかな風が吹き、赤や白や黄色の花が色とりどりに咲きみだれ、揺れている。嗅いだこともない良い匂いが鼻腔《びこう》を満たした。いつの間にか私は子どものころ好きで何度も着た、やわらかいオレンジ色のワンピースを着ている。

なだらかな丘が見渡す限り続き、遠くには頂上に白い雪の積もった山が見える。この景色はどこかで見たことがある、でも思い出せない。名前の知らない可憐《かれん》な花を触りつつ、道のない土の上を踏みしめながら前に進んだ。

私は再び自分の身体を取り戻していたが、年齢は無いままで、ただただ若い。

髪はふわりと広がり、膝こぞうは丸く、肌は柔らかで、いくらでも走れた。

風は優しく髪を梳《と》かし、陽の光は澄み渡る空を穏やかに照らしている。にごりの無い空気と、まあるい空が私を包んでいる。進んでゆくにつれ、朽ちかけた白い、背丈の倍ほどある細長い門が見えた。門の向こうには広い川があり、歩いて渡るには少し深そうに見えた。川を渡りたかったが方法が見つからず、しばらく門の柱にもたれて、せせらぎを眺めていたが、もしかしたら行けるかもと底に丸い小石が敷きつめられた川へ足を浸《つ》けた。水は冷たくも熱くもなく、ただ流れが想像より速くて、やっぱり無理かと足を引っ込めた。

あきらめて門から離れて川に沿って歩く。向こう岸は遠く、白くかすんで、よく見えなかったがこちら側と同じような丘が広がっているだけのようだった。でも私はとにかく向こう岸へ渡りたくて、焦る気持ちで川のなかへ走ったら、水面より高く、少しだけ川の流れから顔を出している、平べったい飛び石の群れを見つけた。飛び石は真っ直ぐではなく、少しジグザグしながらも向こう岸へと続いている。裸足《はだし》で次々と石を踏み、ちょうど真ん中まで来たところで周りをゆっくりと眺め、まるで川の中央に浮かんでいるような感覚を楽しんだ。

「まあや、まあやー」

向こう岸から声がする。おかあさんだ。少し笑ってる、私を見つけて嬉しそうな声。

「おかあさん！　おーい、おーい」

遠くに母の姿を発見し、いてもたってもいられず、背伸びして飛び跳ねて、母の声に応えた。岸にいる母は片手をふり、腹にもう一方の手を巻きつけるポーズで立って、こっちをもっとよく見ようと少し背伸びしている。参観日も、運動会も、あの立ちポーズで頑張る私を見守ってくれた。

「いくよー、いますぐいくからね、おかあさん」

「なにいってんの、道、間違ってるよ。まあやは戻りなー」

思ってもない返事に涙が流れた。

「なんでよ、そっちにいくよ！　半分までできたからあともう少しだし」

「だいじょうぶ、またあとでもぜんぜん間に合うから、あせらないで、だいじょうぶ。今日は戻って、あっちでゆっくりして。もうちょっとしたら、また会おうねえ」

母はずっと昔の、まだ子どもだったころの私に話しかけていたときみたいな、あやす口調でのんびり返してくる。早く行って抱きしめてほしいのに、くやしくて涙がとまらない。

「おかあさん、会いたいよう、ちょっとだけ、いまいくから、まってて」

「だいじょうぶ、だいじょうぶ、無理しちゃだめよー」

母の声がだんだん遠くなってゆき、涙でかすんだ視界が粗くなって、身体が小

さな穴へものすごい勢いで吸いこまれた。

さやか、と聞こえた気がした。

私の名前ではないはずなのに、何度も呼ばれる。さやかじゃない、私の名前は、

名前は、

なんだっけ――。

目を開けると、涙まみれの父の顔が私を覗き込んでいた。

「あっ！　先生、気づきました、先生。どこいったんだこんなときに！　見える

か、おれの顔が」

父の声に応えるためにまばたきをしようとしたところで、強烈に明るい光が瞳

の中に差し込まれて、耳の奥が縮まり、頭に激痛が走った。

「信じられない、おまえまで、こんなことになるなんて」

父が泣いている。母を亡くしたときを思い出して、いままた同じ場面を迎えてしまったと、激しく怯えている。私も父も母を亡くすときは恐怖でしかなかった。彼女が遥か遠くの花畑でのんびりと笑顔でいるのも知らずに。

おとうさん、だいじょうぶだよ。たとえどうなっても、いつもそばにいるよ。言葉にならない思いを目で伝えようとしても、父はすでに自分の感情におぼれて、私に対してただ生きている証だけを求め続ける。

「これから緊急手術だよ。もう少し、頑張るんだ。なぁ聞こえてるか、聞こえたらまばたきしてくれ」

母の臨終の際にも父と私はまばたきをせがんだ。もう意識はないですと医者に言われても粘り続けた。もはや身体を動かす力はなく、頷く気力さえない母に向かって、まだ生きているよね、私たちの声が聞こえてたらまばたきして！　と、大きな声で叫んだ。母は弱々しく瞼を震わせて、何度もまばたきしてくれた。そして、閉じた瞼がついに動かなくなったとき、母との永遠の別れを知り、泣きくずれた。

瞼一つ動かすのが、こんなにおっくうになるなんて。眠くて仕方ないときのようにこじ開けてもすぐ閉じようとする瞼を、渾身の力をふりしぼってしばたたかせた。父はわずかに笑みをもらした。

「聞こえてるんだな、だいじょうぶ、お前は助かるぞ！」

無理やり口を開くと、砂をいっぱいに詰め込んだみたいにからからに乾燥して、みっしりと重い。

「呼んで」

自分の声とは思えない、しゃがれた低い声が耳に届く。父が驚いて黙り、私の唇に耳を近づける。

「呼んで……」

視界の周囲が黒く欠けてゆき、なにも見えなくなった。針でつついたくらいのごく小さな穴に、また吸い込まれてゆく。そうだ、さやかとは、母の名だ。では私の名前は――。


上も下も右も左もない、ただただ穏やかな薄青い、果てしなく広い空間に浮かんでいた。

ひかりが天空からしずかに舞い降りた。輝きは四方八方余す所なく照らすほど明るいのに、直接眺めてもまったくまぶしくない。ひかりはいくつもの細い陽差しとなって私を通り抜け、私を守り癒やす優しい愛が並々ならぬエネルギーで伝わってくる。私はいままでこんなふうに完全に、どこまでも愛された経験は一度もない。こんなにも完全に、すべて許された経験もない。私がたとえどんなに無能でも、情けなくても、まったく関係なく無条件に愛し抜いてくれる。丸いひかりは虹色の愛情で私を包み、抱きしめてくれ、私もひかりと一つになりたくてすべてを預けた。なんともいえない、嗅いだことのない良い香りがする。譬《たと》えるなら、月の香り、星の香り、夜空の香り。

私は、いままでの人生をふりかえったパノラマの映画を、ひかりと一緒に眺めた。生まれてから現在までの、様々な記憶が印象的なシーンと共に甦ってきた。

私が赤ちゃんのころ、母は外出して、自分を慕って泣く幼い私を半日も一人で置いておくときもあった。YouTubeには当然残っていない一幕だ。しかしドアを見つめながら立ちつくし泣く幼い私が見えると同時に、どうしても家を出て会いに行ってしまう相手のいる母の、苦しく辛い感情も伝わってきた。私は私の気持ちだけではなく、当時その場にいた人々の気持ちも自分のことのように理解できた。ごめんね、ごめんねと母の心は泣いていた。

私に責める気持ちは毛頭なく、むしろ動画を見ていたときに腑《ふ》に落ちなかった気分が解決して安らげる思いだった。残っている記憶の侘《わび》しさと、動画のハッピーな雰囲気の落差がすごくて、ずっと不思議だったから。幸せな、愛されていたときばかりではないんだ。しかしそれは落ち込むようなことではない。人間は浮き沈みがあってこそ、深く学び、深く輝く。

小学生の私が川に落ちて気を失ったとき、担当の教員がもし私が助からなかったら責任を取って自殺する覚悟でいたことも、中学生の私が親友に言った何気ない一言が彼女を深く傷つけて、彼女が帰ってから家で大泣きしていたことも初めて知った。失恋でご飯を食べられなくなった高校生の私を、恋の相手だった同級生が顔に出さなくてもひどく心配していたこと、大学生の私が就活に成功して大喜びしているとき、失敗した友達は気落ちして、風邪と偽って卒業式も出られなかったこと。

みんな一生懸命生きていた。苦しいこともあったけど、なんて実りある人生だったんだろう。二十代の半ばで終わるなんて、人は短い人生だと気の毒に思うかもしれない。でも私は生きている間に自分で思っていたよりずっとたくさんの人たちと出会い、深く関わり合い、共に成長したんだ。

回想には私が睡眠時間を削りに削って勉強して、難関大学に合格したときや、学祭のミスコンテストで準優勝だったときや、倍率の高い一流企業の不動産会社に就職したときは含まれていなかった。私はそれらの勝ち組エピソードを、人生で一番重要なことだと信じて生きてきたのに。いままでまず最初に履歴書に書いてきた類の事柄はすべてきれいに拭い去られて、ひたすら人との関わりや、どれだけ人を助け、また助けられてきて、愛を分かち合えたかが主点のエピソードが続いた。

肉体を失くして初めて、肉体や頭脳の鍛錬、他者との競い合いが肉体を喜ばせるための行為だったと気づいた。だけどあきらめずに続けた努力や負けたときの悔しさから学んだ経験は、肉体を失くしたあとも私の魂に刻まれて残っていた。

ひかりは私に反省を促すわけでも褒め称えるでもなく、しずかに、私が感動しているのを見守っていた。記憶が事故まで進み最後を迎えると、ひかりは私に寄り添い、もっと遠い場所へ行こうと言葉なき声で語りかけて、私を天空へ連れ出した。

ぐんぐん上昇して気がつけば私はひかりと共に宇宙から地球を見下ろしていた。地球は宇宙の闇のなかで孤独そうに、しかし美しく輝き、地球一個分の重さ、としか表現できない、確かな質量で宇宙に浮かんでいた。私はひかりと共に地球の周りを廻《まわ》った。スピードは自在で、地球を見終わると、他の星の間を駆け巡った。楽しくて仕方ない。ひかりは自分のつくったものを私に見せてくれていた。

もう一度、生まれ変わりたい？

ひかりが訊いてきて、私は、

「はい」

と答えたけれど、やりとりはあっても自分の意志とは無関係に、あるべき方向へ流れてゆくのだと、どこかで理解していた。自分では決められない、ひかりですら決められない私の行方。努力も運命も何にも左右されず、私たちは巡りめぐる、もしくは昇華する。

生きていたときは、いつか死んでも再び愛《いと》しい人たちに囲まれて暮らしたいと強く願っていたはずだけど、いまは、もうどちらでも良い。「はい」と言ったものの、むしろまたの生まれ変わりに倦怠さえ漂う。だってここにいれば誰とでも、すべての人とつながっているし、一体だ。しかしまた個体となって、大切な何かを学びたいと思うときも出てくるだろう。どちらにしても、どのようにしても、私は好きなように形を変える。

あなたといっしょになりたいです。

私の申し出に、私を抱きあやしているひかりは答えた。

もうすこし、まとうね。

一瞬不安になったが、またすぐ晴れた。ひかりは迷いがなく、穏やかだ。私がどうなったところで決して私を見放しはしないだろう。

はい、ではどうすればいいでしょう。

耳をすませて。

私は意識を集中させた。意識は洗濯されたようにさっぱりと澄んでいた。ひかりの美しさが私にも十分に染みている。うれしいな、うまく持って帰れたらいいな。

……や、…あや、まあや、まあやー。

はっきり聞こえた。ひかりがほほえんだのが分かった。

病室で父が必死に呼ぶ声で意識を取り戻した私は、奇跡だと医師にも看護師にも、もちろん身内にも驚かれ、喜ばれたが、初めから戻ることに決まっていたと私には分かっていた。奇跡は、必然だ。手術前に意識が途絶えた私は、術後も意識を取り戻すことなく、自発呼吸もままならなかった。十日間が過ぎ、医師たちはこのまま脳死状態に至るか、心肺停止してしまうか、どちらかになるだろうと予想していたらしい。頭を強く打ち、頭蓋骨にひび、脳にも損傷を受けた。〝麻酔が切れても意識を取り戻すかは分かりません。取り戻しても身体に障害が残る可能性があります。覚悟してください〟と医者から言われた、と後に父から聞いた。

死にかけているあいだ、母に会ったこと、自分が生まれる前に居た、ひかりの元へほんのひととき帰れたことなど、父に話したいことはたくさんあったが、なかなか言えなかった。ろれつが回らず長くしゃべれないせいもあったが、誤解されずにうまく伝える方法があるだろうかと考えているうちに、痛みにまみれたリハビリが始まり、私はすべての集中力を自分の肉体に費やさなくてはならなかった。

身体は脳損傷に肋骨《ろっこつ》と左脚の大腿骨《だいたいこつ》、右足の踵《かかと》が重傷の骨折、とくに肺は肋骨が刺さって多量に出血したらしく、ベッドで仰向けに寝ているだけで激しく痛んだ。頬の骨はへこみ、左頬とまぶたの上は腫れて一ヶ月はちゃんと目を開けられなかったし、一ヶ月後に包帯がすべて取れて自分の顔が改めてちゃんと見られたときも、ぼこぼこに歪んだ状態で失神しそうになった。

以前の私なら絶望してとても立ち直れなかっただろうが、一度本格的に肉体を失い、またあのような得難い経験をした身としては、たとえ歯が何本か欠けたとしても、いくつかは残っていることに勇気が出た。また視力は昔と変わらず、回復すれば再びさまざまな景色や人の顔を眺められると希望がわいた。

高熱が下がって水を口から飲めるようになり、スプーンで水を口に含ませてもらうと、信じられないほどつめたくて甘く、甘露とはごく普通の水のことを言うのだと知った。糖分でも果汁でもない甘さが、一口飲んだだけで痛む身体の隅々まで一瞬で行き渡る。普段ただの水をここまで美味しいとは思わないから、新しい発見だった。

体力が戻ってからは、一応数種類の宗教に関する本を読んだ。少しずつしか読めなかったが、自分の出会った存在は、この宗教だとこの存在にあたるのかな、なんて考えるのはおもしろかった。

死んだら行くところの記憶がある、と少し見舞客にもらすと、みんなとても興味を持って、あの世を証明する話を聞きたがる。でも私は説得力のない話しかできないような気がして、忘れた、とか、疲れた、と言って話をそらす。たとえば確かにロンドンに旅行に行ったのに、パスポートにスタンプがなぜか押してなくて、イコールあなたはロンドンに行ってない、とされるのとおなじことだ。私は身体から浮き出たときは無我夢中で、そのときの部屋の様子を覚えているわけでもないし。唯一事故に遭った直後は身体から抜け出て上から見てたから、現場の様子はおそらく言い当てられるけど、意識がなくても耳から音が聞こえていたんでしょうと言われたら、反論の余地はない。ただ私は確かに、空から自分の姿を見たり、人生の記憶をたどる旅をしたり、ひかりと天空で遊んだりした。もしあのときの私の意識にリボンを結んだら、その水色のリボンはくるくると弧を描きながら、どこまでも空高く舞い上がっただろう。いまひゅるひゅるとまた再び落ちてきて、身体と意識をきれいなちょうちょ結びでつなげているこのリボンは、以前の私が思っていたよりもずっと、簡単にほどける。

ひかりは私に前向きな素直な気持ちを授けてくれた。いや、もともと自分の内に眠っていたのに気づかせてくれた。見舞客が私を見たときに浮かべる悲痛な表情も、流す涙も、非常に穏やかな心で受け止められた。変だな、私は寛大な性格ではなかったのに。驚くくらい、変わっていた。肉体はぼろぼろでも、私の魂は洗い直されて輝いていた。

「声が小さすぎて聞こえてなかったかと思ったけど、ちゃんと聞いててくれたんだね。おかげで私は戻ってこれたよ」

身体を拭いてくれている父に向かって言うと、父はきょとんとした顔になった。

「聞こえたって、なにが？」

「私が意識不明になるまえに、おとうさんに言ったでしょ。〝呼んで〟って。で、おとうさんは名前をずっと呼び続けてくれた。違うの？」

「確かにお前の声は聞こえたけど、〝呼んで〟の意味は〝お医者さんを呼んで〟だと思ってたよ。容体が急変するのを察知したお前が、医者を呼べと言ってるのかと」

私は笑い、同時に電撃が走った肋骨を手で押さえた。

「お医者さんじゃないよ！　私の名前を呼んでほしかったの。あのね、私、ここじゃない世界をずっとふわふわ漂ってたんだ。その間に自分の名前を忘れてね、思い出したら戻ってこれそうな気がしたの。だからおとうさんに私の、真彩って名前を呼んでほしかったんだよ」

「確かに名前を呼んでいたら、お前は目を開けたもんなぁ。とにかく必死で、手術後はずっと名前を呼んだり、お前が好きだった音楽を枕元でかけたりしていたよ。甲斐があったなら、本当に良かった。戻ってきてくれて、おとうさんは本当にうれしいよ」

言おうか迷っているような一瞬の間のあと、父は呟いた。

「真彩がいつまで経っても目を開けてくれなかったとき、正直〝母さん、真彩を連れて行かないでくれよ〟ってずっと願ってたよ。〝真彩、ついて行くなよ〟とも頭のなかで呼びかけてた。お前たち、仲の良い母娘《おやこ》だったからな」

「おかあさんには、〝こっちにまだ来るな〟って言われたよ」

「えっ、会ったのか。三途《さんず》の川？　それとも、夢とか？」

父が本気でびっくりしたものだから、私は怖じ気づいた。事故から看病で疲れきっている父を、これ以上刺激したくない。

「分からない。でもどっちにしても、おかあさんにはついていかないよ。生きても死んでも、別々の違う魂であることには変わりないし」

母の姿が遠くに見えた瞬間、すぐに駆け寄ろうとしたことは内緒にしておいた。

「まあ別の魂っていっても、基本は一つだけどね。一つから生まれたの。でも人生を歩んでいるうちは、それぞれの道があるから」

「真彩は哲学的な話をするなぁ。やっぱり人間、九死に一生を得ると、悟りが開けるものか」

父は私の考えや母と再会したことについて、もっとたくさんのことを知りたがったが、私は上手く話せる気がせず、はぐらかした。あの経験は、やっぱり言葉にして口に出してしまうと、違って響く。これほどまでにごく個人的な経験を私はしたことがない。

事故を起こした相手は有罪になり、賠償金を払うことは約束したが、保釈されたあとは、とても顔向けができないという理由で、病室には一度も訪ねて来なかった。手紙のみの謝罪で終わったときは、正直みじめな気持ちになったが、怒りまではわかなかった。身体が弱りきって初めて、怒るのにも体力が要ると知った。

憎い人はおらず、さっぱりして、なにもかも慈しみたい気持ちでいっぱいだ。いままで感じてきた恐れや不安や仲たがいの感情は、根を探ってみれば死への恐怖につながっていた。死の門が開かれたいま、悩んでいたほとんどすべては単純明快で、なるようにしかならなかったと分かる。

体力が完全に戻り、社会に出て現実に直面したら怒りや辛さも出てくるだろうが、それも仕方のないことに思えた。

休日、出かけようかと迷っているうちに、雨が降り出すと、かえってあきらめがつくように、脚が動かなければ観念して病院で過ごすしかなかった。昏睡状態の日数と合わせて、もう一ヶ月近く会社を休んでいることへの焦りを、以前の自分なら身もだえして耐えていたはずだが、かえってすっきりして落ち着いていた。逆に会社にはもう行きたくない、このまま辞めてしまいたい、という捨て鉢な思いもない。生きているうちに経験できることはしておこう、と身体が治ったあとの自由な時間を夢見ている。いままで一度も仕事を自由と思ったことはなかったが、時間は有限だとはっきり自覚して眺め渡してみれば、人生において仕事ほど贅沢《ぜいたく》に自由を使っている〝遊び時間〟はない。体力も気力も野望も十分あってこそ挑戦できる、社会へのゲームだ。眠っている、意識のない時間は、もっと贅沢だ。すっかり意識を手放した状態で、かつ安らかに呼吸し静かに胸を上下させる肉体を所有しているのだから。

目覚めてからしばらくは、夜になると昼間に比べてより輪郭がはっきりしてくる身体じゅうの痛みに耐えかねて、ひかりの優しさを思い出していた。ひかりが神様かと問われれば、私は私のなかのイメージの神様とは違う、としか言えない。

確かに他に類を見ないくらいの、圧倒的な熱量と輝きだったが、人々を救済する全能の神というよりは、ひかりはもっと身近で、あたたかく、畏敬の念というより、親しみをおぼえた。

呻き声を上げながら、早くひかりに戻りたい、と切望した。あの丸く輝くひかりから私は生まれて、また還《かえ》ってゆく。しかし脂汗をかき、舌が膨れて、身体がくの字に折れ曲がるとき、弱り果てた肉体の奥に、どうしても消せないひかりの核が身体の中心にあると気づいた。懐かしい、あの白い輝きだ。

ああ、私にひかりは宿っていたんだ。何もわざわざ天空へ行かなくてもいい、熱くらんらんと燃えるひかりは、生き物の身体の内でいつも輝いている。触れないし見えないけど、確かに私の真ん中にある。おびえることはない、救いは遠くにあるのではない、私は生まれたときからずっと所有している。忘れていただけだ。いままでずっと、そっと、助けられていたのに。

澄み渡った力が頭の先から指先まで宿り、人差し指の先から、ツンと放出され輝き散った。

父が枕元の机に置いてくれた定規を使って、ベッドに横たわったまま窓枠の持ち手を押す。カラカラと軽い音がして窓がひらく。薄い雲に包まれた月が、ゆっくりと姿を現す。

私はかつて、月の香りを嗅いだ。ゆこうと思えば、いつでも、彼方《かなた》へ。私は呼び続ける、愛しい人の名前を。身体が滅びても、時を越えて、いつの時代へも。

解説

倉本さおり

「綿矢りさ」とは何か、と問われるようなことがもしもあるとすれば。

私はたぶん、この本のタイトルを――「意識のリボン」という言葉自体をそっと差しだすことになると思う。


本書は八つの短篇《たんぺん》を収めた作品集だ。

冒頭に置かれた「岩盤浴にて」に登場する〈私〉は、癒やしとデトックスを求めて岩盤浴サロンにやってきたのに、周囲の視線や会話が気になってしかたがない。中年女性二人組のいびつなパワーバランスをまのあたりにし、我が身を振り返りながら〈女友達〉との関係性について思いを馳《は》せる。

「こたつのＵＦＯ」は、今日三十歳の誕生日を迎えた女性小説家が書いている、という現在進行形の体裁で語られるトリッキーな一篇だ。作中でもほのめかされているとおり、これは太宰治の短篇小説「千代女」へのオマージュ。小説の才能があると買いかぶられてしまったことで、周囲のイメージと凡庸な自分自身とのずれに悩むことになってしまった女の子――その像はいやおうなく「綿矢りさ」その人の姿を読者の前にちらつかせ、語りの次元をゆがませながら加齢への不安を皮肉まじりにドライブさせていく。

一方、「ベッドの上の手紙」は別れた女に向けて小説家の男が書き残した手紙という体裁。本書の中で唯一となる男性の語り手だが、〈おれが、お前の人生の茫漠《ぼうばく》たるさびしさの砂漠を埋める存在ではなく、さびしさ自体を作り出す存在になれたらいいのに〉という一文は、男にとって対岸にいる「女」という性の業をむしろ濃密に立ち上らせる。

「履歴の無い女」と「履歴の無い妹」は、結婚と姉妹をめぐる合わせ鏡のような作品だ。前者では〈あまりにも新しい環境へスムーズに、まるで当然のように移ってゆく自分のありかた〉に違和感を覚える新婚の姉に向かって、すでに結婚し幼い娘もいる妹が〈女の順応性〉なるものをしなやかに説く。一方、後者においては結婚するために過去の履歴を潔く捨てていく妹に対する姉の複雑な拘泥を巧みに描きだす。

「怒りの漂白剤」において、語り手の思考のボルテージはいったんピークを迎える。そこから導き出されるのは〈好きを好きすぎないようにする〉という、物悲しくもシニカルな箴言《しんげん》だ。

「声の無い誰か」の語り手の〈私〉は、高校生の娘を持つ母親。猟奇的な連続通り魔事件の噂《うわさ》に振り回されてしまうも、娘の身を案じる気持ちがかえって彼女をただしく現実に立ち向かわせる。逆に表題作は、若くして母親を病気で亡くしてしまった娘の〈私〉が語り手。ある日、スクーターに乗った状態で玉突き事故に巻き込まれ、ぽーんと体が空を飛ぶという、めったにない経験をする。その臨死体験が、事故の後遺症を抱えて生きる彼女をやわらかく支えていくのだ。

内容はじつにバラエティーに富んでおり彩り豊かであるものの、八篇中七篇が女性視点で語られる。本書の執筆期間中に作者である綿矢自身が結婚、妊娠、出産を経験し、当時の実感がすくなからず反映されていると考えるなら、この本を「女」の記号にまつわる短篇集と定義することも可能だろう。

今こそ静かな場所で思う存分寝転がれるのに、他の人間のリズムに引きずられている。同じ空間にいる以上、完全な個人行動は難しく、夜の海の夜光虫のようにお互い微《かす》かに影響し合いながら明滅をくり返している。

（「岩盤浴にて」）

私たち人間がどうあっても他者を意識せざるをえない性質であることを、昏《くら》い海によるべなく漂う〈夜光虫〉という表現を使って繊細にふちどった場面だ。もともと綿矢りさという作家は、オリジナリティあふれる比喩の妙や、時にどぎついまでの描写の冴《さ》えで知られている。長篇『手のひらの京《みやこ》』において、京都弁で繰り出される〈いけず〉を〈地獄の井戸の底から這《は》い上がってきた蛇〉に喩《たと》え、〈相手にまとわりつかせて窒息させる呪術〉と言い切ったのは屈指の名場面だった。もちろん本書においてもその匠《たくみ》の技は随所で顔をのぞかせる。

例えば、岩盤浴にいる自分自身のことを〈熱い石で内臓を温めている人間〉と、さながらエックス線撮影のように透徹したまなざしで形容したのち、〈どことなく食べ物っぽい〉などとさらりと言ってのける。真冬の屋外の痛いほど冷たい風のするどさを〈忍者のまきびし〉に喩えるなんてのはお手の物だ。いずれもユーモラスで味わい深いのだけれど、いちばん凄《すご》みを感じさせるのは、〈ストレス〉がたまっていく様子を女性の乳房を支えている〈クーパー靭帯《じんたい》〉――一度切れると元に戻らないと言われている、あの哀《かな》しいコラーゲン繊維！——に喩えた点だろう。そこから「女」という記号とセットで絡みつく「加齢」という呪いのありようが透けて見えてくるのだ。

二十代の宿題、三十代に持ち越した……。
思っていたほど大人になれてない。それが思ったより辛《つら》いの。
（「こたつのＵＦＯ」）

恐ろしいほどに人類平等な記録、どんなに美しく生きようが、反対にだらしなくダーティに生きようが、一つの言葉も持たない老いは付加価値を許さない。雄弁な皺《しわ》などあるだろうか？　生き方の高潔さが表れている垂れ下がった乳房とは？　人の身体のうち、何歳になっても雄弁なのは、いつも変わらず瞳で、努力の鼻息を伝えるのは鍛え上げられた筋肉、永遠の幻想を夢見させるのは、子どものすべらかな、少し細すぎる二の腕だ。
（同前）

人は老いてもちっとも成長しない人間がこわい。無邪気な残酷さは、ただの物知らずへと評価が変わってゆく。皺のある顔が、茶目っ気のある子どもっぽい媚態《びたい》で迫ってきたとき、同じように老けてゆく己の姿をそこに見て怯《おび》えずに、堂々と受け止められる人間が何人いるだろう？

（「ベッドの上の手紙」）

ここにある〈垂れ下がった乳房〉への言及に表れているように、綿矢りさという書き手の中で、「女」の記号は「加齢」や「老い」への不安と直結している。ひたひたと迫り、身体をいやおうなく蝕《むしば》んでいくその恐怖は、裏返って精神面の成長を息苦しく強いてくる。その呪いの位相をずらすために、彼女は〈関係性の老い〉という、非常にユニークな視点を敢《あ》えて持ち込むのだ。

身体の老いはあきらめがつく分それほど恐れてはいないが、関係性の老いはできるだけ避けたい。いま私が仲良くしている女友達、そして未来に出会う女友達とは、年を取れば取るほど、何てことの無い、ささやかな無邪気な会話で盛り上がりたい。

（「岩盤浴にて」）

はたして〈ささやかな無邪気な会話〉とは、どのような立ち位置で可能となりえるのか。そのヒントをくれるのが、くだんの「履歴の無い女」と「履歴の無い妹」という、合わせ鏡の二篇だろう。

「履歴の無い妹」においてひもとかれるのは、当時つきあっていた彼氏に撮られたという、妹を含めた女二人のヌード写真にまつわる顚末《てんまつ》だ。隣の美人そっちのけで、見慣れたはずの妹の裸体をいきいきと際立たせるその写真を見た〈私〉は、結婚前に処分しようとする妹に向かって、一枚くらい残しておくよう言い募る。だが妹はそれまでの笑顔をすっと消した後、次のように言い放ち、その写真をまとめてびりびりに破いてしまうのだ。

「〝本物の〟〝生の〟写真なんて、私はいらない。嘘《うそ》っぱちでもいいから、笑顔でピースしてる写真さえあればいい。人生で残しておく思い出は、安心で、たいくつな方がいい」

（「履歴の無い妹」）

この唐突な幕切れの場面を読んだ後、その直前に読んでいたはずの「履歴の無い女」のラストの情景の色が、私の中でくるりと塗り替わった。結婚し、苗字《みょうじ》が変わった。ただそれだけのことなのに、いつしか当然のように〈〃今日のお夕飯〃〉について考え始める自らの姿を容易に想像できてしまう。〈「女の順応性ってすごいよね」〉。ある種の感心を装いながら、どこか罪悪感にも似た不安を拭えない〈私〉に向かって、妹は自分の娘が高熱を出して危うい状態に陥ったときのエピソードを話しはじめる。突如訪れた危機的状況に呆然《ぼうぜん》としたまま入った薬局で、なぜか結婚前にお気に入りだった炭酸レモン飲料だけ買って出てきてしまったこと。それを飲んでいるうちに、娘と一体化しすぎていた心が剝がれ落ち、昔の自分の感覚が戻ってきたこと。〈「娘とか妻とか母とか肩書きが変わっても、消せない本質って、多分だれでもあるよ」〉――妹の言葉を聞きながら〈私〉は自らの履歴という、うろんな記号の集合体に対するわだかまりをときほぐしていく。

「臆病になっちゃいけないね。大切なものを守りながらも、いろんな景色が見たい」

妹がほほえむ。

「まあ、いっしょにがんばっていきましょうよ」

（「履歴の無い女」）

かつてと異なり、ほほえみを向けながら〈いっしょに〉がんばっていこうと答える妹。その鮮やかな対比は、彼女たちがそれぞれにさまざまな人生のステージを経て、すでに〈安心で、たいくつな〉思い出の尊さを――あるいは〈ささやかな無邪気な〉会話の尊さを知っているのだという事実を燦然《さんぜん》とつきつける。とりとめのなさそうな物言いに見えて、そのじつ肚《はら》の据わった台詞《せりふ》なのだ。

今私の意識は一つでありながらも、ほかの数えきれないほど多くの、無限の意識ともつながっている。

身体と意識をきれいなちょうちょ結びでつなげているこのリボンは、以前の私が思っていたよりもずっと、簡単にほどける。

（「意識のリボン」）

本書の最後で表題作に出会った瞬間、それまで〈私〉たちを疲弊させていたさまざまな記号が、やわらかいリボンへと姿を変える。「綿矢りさ」を読む時間とは、そういうしなやかさを湛《たた》えている。いうなれば、その体験は誰かが奮闘の果てにつかみとった、おびただしい未来の気配をふくみこんでいるのだ。

（くらもと・さおり　文芸評論家）